無生錄

무생록

FANTASTIC ORIENTAL HEROES

이민섭 新무협 판타지 소설

무생록 5

이민섭 新무협 판타지 소설

초판 1쇄 찍은 날 § 2014년 2월 21일
초판 1쇄 펴낸 날 § 2014년 2월 27일

지은이 § 이민섭
펴낸이 § 서경서

편집부장 § 권태완
편집책임 § 정수경

펴낸곳 § 도서출판 청어람
등록번호 § 제1081-1-89호
등록일자 § 1999. 5. 31
어람번호 § 제2-2467호

주소 § 경기도 부천시 원미구 심곡2동 163-2 서경B/D 3F (우) 420-822
전화 § 032-656-4452 팩스 § 032-656-4453
http://www.chungeoram.com
E-mail § chungeorambook@daum.net

ISBN 978-89-251-3738-4 04810
ISBN 978-89-251-3563-2 (세트)

無生錄

이민섭 新무협 판타지 소설

F A N T A S T I C   O R I E N T A L   H E R O E S

5

무생록

도서출판 청어람

目次

제1장	알 수 없는 것	7
제2장	혈교와 마교	43
제3장	산적과 도둑	59
제4장	소동은 늘 객잔에서	79
제5장	알 수 없는 자	91
제6장	혈옥	125
제7장	제사	181
제8장	대천지주	207
제9장	단풍	227
제10장	위기	265
제11장	전조	287

第一章

알 수 없는 것

무생은 빛살과도 같이 나아갔다. 무적수라보를 시전하는 무생을 막을 수 있는 것들은 존재하지 않았다. 지금 무생을 멈추게 할 수 있는 자 역시 존재하지 않을 것이다.

쾅아!!

바닥을 부수는 굉음과 함께 무생이 정의천 근처에 당도했다. 무생은 어떠한 반동도 없이 원래부터 그 자리에 있었던 것처럼 그렇게 우뚝 섰다.

무생의 눈이 살짝 커졌다. 벽력탄이 만들어낸 처참한 풍경이 들어왔기 때문이다. 꺼멓게 그을린 시신들과 아예 형체를 알아볼 수 없을 정도로 산산조각 난 시신도 있었다.

　무생의 눈꺼풀이 움찔했다. 이제는 익숙해질 만한 풍경이었다. 허나 무겁게 다가오는 이유가 분명히 존재했다.

　"크흐…… 흑! 무 대협!"

　"……무슨 일이지?"

　무생은 몸을 부르르 떨며 다가오는 곽진을 바라보았다. 심마에 빠졌는지 흰자가 완전히 붉게 변하고 피를 토하고 있었다. 빠르게 운기조식을 취해야 하는 상황이었으나 그것은 중요하지 않다는 듯 곽진은 무생을 바라보며 힘겹게 입술을 움직였다.

　"모용천이…… 모용천이……! 남궁 소저를…… 쿨럭!"

　"모용천?"

　무생은 모용천이라는 말을 듣는 순간 표정이 굳어졌다. 그는 모용천이 분명 절벽 밑으로 떨어지는 것을 보았다. 운신조차 제대로 못할 정도였으니 백이면 백 죽음을 면치 못했을 것이다. 헌데 모용천이라니?

　무생은 그럴 리가 없다고 생각했지만 곽진은 사실을 말하고 있었다.

　"모용천이…… 혈마인들과…… 남궁 소저를……! 죄, 죄송……."

　곽진이 무릎을 꿇은 채 앞으로 고꾸라졌다. 그것을 무생이 손을 뻗어 잡아주었다. 곽진의 내부는 엉망이었다. 혈마기에 당해 혈맥이 터졌고 단전이 크게 상했다.

무생은 그를 자리에 눕혀주고는 선천지기를 강하게 흘려넣었다. 약간의 시간이 지나자 심마가 물러가고 내상이 점점 회복되었다.

무생은 고개를 들어 혈향이 머문 곳을 바라보았다. 무생은 내부의 무언가가 끊기는 것을 느꼈다.

"모용천……."

무생의 눈빛이 날카로워졌다. 눈앞에 누군가가 있었다면 그대로 졸도해 버렸을 정도의 위압감이 존재했다. 사방에 날리는 재들이 빠르게 가라앉아 버릴 정도였다.

"혈마인……."

그 무엇도 담지 않고 있던 무생의 목소리가 강한 살기를 담았다. 바람이 일그러지며 비껴가고 주변에 옮겨 붙어 타오르던 불길이 사그라졌다.

단순히 방해받은 것에서 나오는 감정이 아니었다. 금호 협객이 사라지고 애써 부정하며 외면했던 감정. 무생은 그것이 무림인들이나 말하는 심마라고 생각한 적도 있었다. 하지만 아니었다.

분노.

인간이라면 누구나 가지고 있을 단순한 감정이었다. 무

생은 금호에서 자신이 크게 분노했었고 지금 역시 그러하다는 사실을 알게 되자 살짝은 힘이 빠진 웃음이 새어 나왔다.

"날 화나게 한 것이냐?"

무생의 입에서 하얀 입김이 뿜어져 나왔다. 분노를 완벽히 떠올리고 이해한 순간 무생은 더 이상 그것을 억누를 필요성을 느끼지 못했다.

막대한 세월 동안 막아놓았던 벽이 무너져 내리며 모든 것들이 한꺼번에 몰아쳤다.

차라리 혼란이었다면 좋은 결과를 불러왔을 것이다. 하지만 분노는 한꺼번에 몰아쳐 더욱 크게 가라앉아 무생의 이성을 차갑게 끌어당겼다.

"좋다. 몇 번이고 찾아내서 죽을 때까지 죽여주지."

무생의 분위기가 일변했다. 선천지기는 더 이상 따스하지 않았다. 극도의 추위로 피부가 떨어져 나갈 것 같은 살기만이 담겨 있을 뿐이었다.

무생은 자신을 억제하고 제어할 필요가 없다고 생각했다. 그것이 끔찍한 결과로 나타났다.

하늘이 점차 흐려졌다. 잔잔했던 무생의 선천지기가 꿈틀거릴 때마다 하늘 역시 그와 동조하며 모습을 잃어갔다. 주변에 있던 사람들은 두렵고 기이한 현상에 몸을 떨었다.

하늘이 노한 것이 분명했다. 그렇지 않고서야 어떻게 구름이 끔찍하게 일그러지며 하늘을 검게 칠할 수 있단 말인가.

너무나도 두려운 광경이었다.

무생은 하늘을 바라보고 있지 않았다. 그럴 필요가 없었다. 지금 상황에서 그런 사소한 변화 따위는 중요하지 않았다.

"그래, 모조리 다 부숴주마."

무생은 스스로 기대하지 않았다고 생각했지만 천하삼절이 자신을 죽일 수 있을 것이란 희망은 결코 작은 것이 아니었다.

작은 흔들림 속에 분노가 타오르니 이성을 유지할 필요가 있는지 의문이 들었다.

자신을 지우지 못한다면 세상을 지워 버리면 그만이다. 세상이 없다면 스스로도 존재할 수 없지 않겠는가.

불로불사야말로 무생에게 허락된 유일한 심마(心魔)였다. 심마가 사라지고 남는 것은 평온이니 무생이 평온을 얻기 위해서는 죽을 수밖에 없을 것이다.

무생은 어느 때보다 강렬히 파괴를 바라고 있다. 분노라는 감정이 무수한 세월 동안 쌓인 모든 것을 흔들고 부수어 버린 것이다.

무생은 거슬리는 모든 것을 지워 버리기로 마음먹었다.

무생이 부수고자 한다면 그렇게 될 것이다. 얼마만큼의 세월이 걸려도 말이다. 설사 그것이 이 세상의 전부일지라도 그리 될 것이다.

탕!!!

땅을 박차자 무생의 신형이 순식간에 사라졌다. 희미한 잔상과 치솟아 오르는 먼지만이 방금 전 무생이 그 자리에 있었음을 알려주었다.

콰가!!

무생의 무적수라보는 전보다 더 거칠어져 있었다.

부드러움을 가미했었지만 지금은 그 모습을 찾아보기 힘들었고 용오름마냥 주위의 모든 것을 날려 버리며 전진할 뿐이었다.

무생은 하나의 재앙이 되었다.

모용천은 합비를 이미 벗어나고 있었지만 무생은 신경쓰지 않았다.

어디를 벗어나든 지금 무생이 찾고자 한다면 찾아낼 수 있을 것이다.

그들이 완벽히 몸을 감추기 전까지는 주위에 널린 모든 흔적들이 무생을 모용천에게 안내해 주었다.

그 흔적들이 사라져도 상관없었다. 세상을 모두 부수든

나올 때까지 모조리 두들기면 되는 것이다.

피 냄새가 났다.

코끝을 스치는 혈향이 무생의 몸을 움직이게 했다. 무생 앞에 가면을 쓴 집단들이 튀어나왔다.

나타난 것은 혈마인이었다. 이성이 전혀 없어 보여 마치 강시 같은 모습이었다.

그들의 숫자는 많았고 중소문파를 하루아침에 지워 버릴 전력이었지만 지금은 그저 파도에 휩쓸리는 개미 떼에 불과했다.

무생의 앞을 막아섰지만 무생은 결코 멈춰 서지 않았다.

콰아아!!

나무가 갈려 나가고 바위가 부서진다. 그와 동시에 피보라가 몰아쳤다. 그들은 어설프게 혈마기를 몸에 두르고 있었지만 그것이 오히려 독이 되었다.

무생의 살기 섞여 휘몰아치는 선천지기가 그들의 몸을 가만 놔둘 리 없었다.

그그극!!

수십이 튀어나왔지만 그 자리에서 살과 뼈들이 모두 으스러지며 터져나갔다. 허나 무생의 하얀 옷에는 그 어떤 흔적도 남지 않았다.

무생이 그것을 허용할 리 없었다. 그는 완전무결하게 모든 것을 파괴했다.

눈에 거슬리는 모든 것들이 사라져 갔다. 심지어 하늘을 나는 새들조차 날갯짓을 하기 전에 파편이 되어 떨어졌다. 무생의 무한한 선천지기는 그 끝을 모를 정도로 계속해서 커져갔다.

그러다 어느 순간 무생이 처음으로 멈춰 섰다. 마치 시체가 일어나듯 숲속에서 몸을 일으킨 혈마인이 너무나 거슬렸기 때문이었다.

"거슬려."

여기저기서 튀어나오는 혈마인들이 무생의 신경을 건드렸다. 무생이 참을 이유는 그 어디에도 없었다.

무엇을 위해 참아야 하는지 잊어버렸다. 몰려오는 허무함과 분노가 무생의 전신을 휘감았다.

이것을 그 누가 막을 수 있을까?

콰아아아!!

무생은 그 자리에서 선천지기를 폭사시켰다. 그 어떠한 억누름 없이 펼쳐지는 선천지기는 무생이 낼 수 있는 한계를 아득히 뛰어넘었다.

아니, 무생에게는 애초부터 한계 따위가 존재하지 않았다. 무생의 선천지기는 그 누구도 상상할 수 없을 정도로 거대했다.

검은 하늘로 불꽃이 치솟아 오른다. 황금빛을 머금은 불꽃이 점차 탁한 색으로 변했다. 무생의 들끓는 살기를 대변해 주듯, 그 공간 자체를 없애 버리려 주위로 끊임없이 퍼져나갔다.

화르르륵!

주변의 모든 것이 타올랐다. 풀과 나무가 타버리며 사라졌고 바위와 모래가 녹아 흘렀다. 혈마인들은 주춤 물러나려 했지만 소용없는 짓이었다.

무생이 간단히 손을 뻗었다.

"커억!"

"컥!"

혈마인들이 공중으로 떠올랐다. 온몸을 비트는 막대한 고통 속에서 신음과 비명을 내뱉었다. 고통이 잠들어 있던 이성을 깨웠지만 그것이 그들을 지옥에 처박아 넣는 일이 되어버렸다.

그들에게는 편안한 죽음조차 허락되지 않았다.

"더럽군."

무생은 싸늘한 눈으로 공중에 솟아오른 수십의 혈마인을 바라보았다. 이들이 정체가 뭐든, 조종을 당하는 상황이든 그런 것은 상관없었다.

거슬리는 것은 치워야 하고 더러운 것은 없애는 것이 좋았다. 무생이 천천히 주먹을 쥐었다.

쾅아아아아!!

육체가 갈려 나가며 불기둥이 치솟아 올랐다. 그 끝을 알 수 없는 화염이 모든 것을 집어 삼켰다. 순식간에 숲이 불타고 산이 타오른다. 흐르던 강이 수증기를 뿜어내며 들끓기 시작한다.

무생의 눈에 거슬리는 것은 자신을 막아서고 있는 산맥이었다. 눈앞에 있는 것이 박살 나 사라진다면 어디론가 숨어버린 모용천도 찾아낼 수 있을 것이다.

모조리 박살 내다 보면 언젠가 나오겠지. 숲을 넘어 산이 타오르는 광경을 보고 무생은 단순히 그렇게 생각할 뿐이었다.

드우우우!

불타는 소리가 마치 산이 지르는 비명처럼 느껴졌다. 무생은 하얀 옷자락을 휘날리며 천천히 주먹을 쥐었다.

자신의 앞을 막아선 산을 지금이라면 충분히 지울 수 있을 것 같았다.

무생이 주먹에 힘을 주자 치솟는 불길이 회오리가 되어 주변을 휩쓸었다.

지금 이 순간 합비의 모든 사람들이 불타오르는 산을 보며 경악하고 있을지도 몰랐다.

무생지옥(無生地獄).

무생의 살기 어린 눈동자에는 그 무엇도 비치고 있지 않았다. 그의 이성은 차갑게 유지되고 있었지만 그것이 진짜 그의 모습인지 구별할 수 없었다. 단지 세월에 휩쓸린 것인지 아니면 잠자고 있던 본능이 튀어나온 것인지 말이다.

"멸……."

말이라는 것에는 강력한 힘이 깃들어 있다. 특히 무생의 한계를 모르고 치솟는 선천지기 속에서 내뱉는 말은 더더욱 그럴 것이다.

무생의 주위로 한층 더 강력하게 퍼져나간 기운들이 폭풍을 일으키며 모든 것을 녹여 버릴 때였다.

"무생. 자네가 무생인 이유가 여기에 있었군."

기운을 막아선 것은 무생이 알고 있는 노인이었다. 어디에서나 볼 수 있는 허름한 옷을 걸친, 대머리가 인상적인 노인.

무생은 이 노인을 너무나 잘 알고 있었다. 잊을 수 있을 리 없었다. 구십 년을 같이 지내온 노인이었다.

"광노."

무생이 그의 이름을 평소처럼 입에 담았다. 하지만 평소와 같은 음색이 아니었다.

낮은 울림은 광노의 몸을 저절로 떨게 만들었다. 광노는 신음을 흘리며 무생이 내뿜는 기운에 맞서고 있었다.

"그만하게나. 자네를 위한 말일세."

광노는 평소와 같은 표정으로 무생을 바라보았다. 검은 빛으로 강렬하게 치솟고 있는 그의 호신강기는 무생의 기운을 막아설 만큼 대단했다. 허나 그조차도 태풍 앞에 촛불로 비유할 수 있었다.

"산, 아니 산맥 자체를 지울 생각인가?"

"비켜."

광노의 말에 무생은 잠시 주먹을 내리며 그렇게 말했다. 광노는 무생의 차가운 눈을 본 순간 자신의 말이 들리지 않을 것임을 깨달았다. 광노로서도 무생의 이러한 모습은 처음 본 것이었다.

언젠가 이런 날이 올 줄 알고 있었지만 생각보다 더욱 심각한 모습에 광노는 신음을 흘렸다.

"흡!!"

광노의 호흡이 흩어졌다. 무생이 손을 뻗자 광노가 뒤로 밀려났다. 광노는 저항하려 했지만 뒤로 밀려날 뿐이었다.

"음!"

"심각하군."

광노 뒤에 나타난 두 노인이 광노를 멈추게 했다. 검노와 독노였다. 그들은 타오르는 산을 보며 안색을 굳힐 뿐이었다.

검노는 단박에 무생이 쌓아놓았던 둑이 터졌음을 알아차렸다. 검노 역시 예전부터 대략적으로 예상은 하고 있었다. 막아놓았던 감정의 둑이 터지는 순간 그것을 막아 무생을 삼키지 않게 해줄 자들이 필요했다.

"허허허. 굉장한 광경이군. 살아생전 이런 광경을 보았다는 것은 죽어서도 자랑거리겠지."

광노의 옆에서 조용히 솟아오르며 그렇게 말한 자는 뇌노였다. 그리고 그와 동시에 여인이 하늘에서 불길을 뚫고 낙하했다.

"역시 화끈하네!"

노인들과 다르게 젊은 모습을 한 비노였다. 득도촌의 노인들이 모두 무생의 앞에 당도해 있었다. 뇌노는 고개를 저으며 입을 떼었다.

"진을 쳐놓았으니 불길이 더 퍼지지는 않을 것이네. 외부에서 보이지도 않을 것이고. 인과를 걱정할 필요는 없네."

"오랜만에 좋은 일을 했군."

뇌노의 말에 광노가 웃음을 터뜨리며 말했다.

검노는 광노의 등에서 손을 뗀 뒤 무생을 바라보았다. 고요하게 불길 속에 서 있는 무생은 마치 염라제왕과도 같은 모습이었다.

치솟는 살심조차 너무나 순수해 그 자리에서 모든 것이 죽어버릴 것 같은 느낌을 받았다.

"어쩌면 이러한 이유 때문에 우리가 존재하는지도 모르겠군."

"검노. 그놈의 천기, 그만 보게나."

검노의 말에 독노가 그렇게 핀잔을 주자 검노는 부드러운 웃음을 지었다.

광노는 긴 호흡을 내쉬며 다시 무생의 앞에 섰다. 무생은 광노를 바라보았다. 이제는 지독한 허무감조차 무생에게서 느껴지지 않았다. 느껴지는 것은 격렬한 감정뿐이었다.

"질렸다."

"그런가. 그래서 모조리 때려 부술 참인가?"

"그래."

광노의 말에 무생은 망설임 없이 고개를 끄덕였다.

무생의 얼굴에 미소가 서렸다. 너무나 섬뜩하게 느껴지는 미소였다.

"거슬리는 것들은 모조리 부술 것이다."

"음……!"

"그러니 얌전히 돌아가라."

무생의 주먹이 쥐어졌다. 파도처럼 밀려오는 기운에 모두가 전신의 내력을 끌어 올리며 대항했다. 이곳에 제대로

서 있다는 것이 얼마나 대단한 일인지 그 누구도 모를 것이다. 모든 것을 파괴하는 광폭한 기운 앞에 대항할 수 있는 길은 스스로 신선이 되는 수밖에 없었다.

"자네를 다시 제정신으로 되돌리기 위해서는……."

광노가 말끝을 흐렸다. 그러자 모두가 광노를 바라보며 얼굴을 끄덕였다. 광노는 다시 호흡을 내쉬며 마음을 정한 듯 고개를 끄덕였다.

"오늘로서 우화등선해야겠군. 허허."

우화등선의 길이 열리는 득도촌에서 광노는 구십 년 동안 그 자리를 지키고 있었다. 실질적인 수장 역할을 하는 광노의 경지는 이미 우화등선에 가까워져 있었다.

스스로 깨달음을 억제하고 육신에 정신을 붙잡아 놓고 있지만 무생을 말리기 위해선 전력을 다해야만 했다. 아니, 어쩌면 전력을 다해도 불가능한 일일 수도 있다.

무생이 견뎌온 세월만큼, 한 번에 부서져 터져 나오는 것들은 광노의 짧은 생이 감당하기에 벅찬 일이었기 때문이다.

"얼마만큼 할 수 있을지 모르겠지만……."

"갈 사람은 가야지."

검노와 독노가 그렇게 말했고 뇌노는 고개를 끄덕일 뿐이다.

"날 방해할 생각인가?"

무생이 낮은 목소리로 묻자 광노가 고개를 끄덕였다. 광노는 웃는 얼굴로 무생을 바라보며 본격적으로 자세를 잡았다. 무생은 광노를 만나고 처음으로 손속을 겨누게 되었다.

무공을 모르던 시절에는 그저 싸움 좀 하는 늙은이로 보였다. 하지만 지금, 무생은 그가 얼마나 대단한 경지를 이루었는지 알 수 있었다.

허나 그것으로도 부족했다. 천하삼절보다 백배는 나았지만 무생의 지독한 갈증을 채워주기에는 너무나 부족했다.

"구십 년 만에 처음이군!"

광노가 그렇게 말하자 검노, 독노, 비노가 광노의 등 뒤로 전신내력을 쏟아부었다. 반선에 이른 내력은 정순하기 그지없고 그 양 또한 상상을 불허할 정도였다.

물론 무생에게는 미치지 못하지만 짧은 시간 대항할 정도는 되었다. 그것만으로도 인간을 가볍게 넘어서는 내력을 지녔음을 알 수 있었다.

"신선불탈체진을 펼치겠네! 우화등선을 막는 시간은 그리 길지 않아!"

뇌노가 그렇게 말하며 내력을 끌어 올리자 광노 주위로 기묘한 진들이 떠올랐다. 뇌노는 역천의 기운을 강제로 강림시켜 육체를 벗어나려는 광노의 정신을 붙잡는 진법을 펼친 것이다.

이것은 뇌노가 모든 내력을 쏟아부어서 펼친 것이라 세상의 그 누구도 감히 할 수 없는 인외의 기문진이었다.

광노의 허름한 옷이 점차 희게 바뀌었고 수염 역시 그러했다. 대머리인 모습은 여전했지만 영락없이 인자한 신선의 모습이 되었다. 은은한 빛을 머금은 모습은 당장 이승을 떠나 선계에 들어도 이상할 것 없어 보였다.

광노의 육체가 허물어지려 했지만 뇌노의 신선불탈체진이 그것을 간신히 막아주었다.

"좋구만. 이제 진정한 천마신공을 펼칠 수 있겠어."

광노가 무생을 바라보며 그렇게 말했다. 광노는 휘몰아치는 무생의 기운을 가볍게 받으며 설 수 있었다. 무생은 자신을 방해하는 광노가 거슬릴 뿐이었다.

광노가 바닥을 박차자 검은 강기다발이 치솟아 올랐다. 어마어마한 기세로 치솟아 무생의 불꽃에 대항하며 꿈틀거렸다.

마교에서조차 자취를 감추었던 진정한 천마신공이 가장 완벽한 모습으로 이곳에 펼쳐지고 있는 것이다.

역사상 가장 위대한 무공을 꼽으라면 천마신공이 늘 거론되었다.

"그런 재주도 있었나?"

"별것 아니네."

무생의 말에 광노는 그렇게 대답하며 먼저 신법을 전개했다. 한 걸음 한 걸음 내딛을 때마다 바닥이 파이며 자욱한 검은 강기가 치솟아 올랐다.

광노의 모습은 보이지 않았고 오직 검은 강기들만이 모습을 드러냈을 뿐이다.

너무나 위력적인 신법인 천마군림보가 극성으로 펼쳐졌다. 신선에 이른 광노가 펼치는 천마군림보는 과거 천마가 펼쳤던 것보다 몇 배는 더 빠르고 위력적이었다.

파파팟!!

광노가 사라지고 나서 얼마 뒤 무생의 신형 역시 사라졌다. 제어가 존재하지 않는 무적수라보가 모습을 드러낸 것이다.

무적수라보와 천마군림보가 얽히며 장관을 이루어냈다. 무생은 단순히 무적수라보만 펼쳤지만 광노는 천마군림보를 펼치며 천마신권을 이용해 무생의 전신을 두드렸다.

백 년 만에 모습을 드러낸 천마신권의 위용은 가히 전설이었다.

충격파가 주위를 잠식했고 회오리치며 비산했다. 천마신공은 어떤 것이든 부술 수 있고 모든 권법 중에 으뜸이라 칭할 만했지만 무생 앞에서는 힘을 쓰지 못했다.

무생의 무적수라보와 주먹이 부딪힐수록 밀려나는 것은 광노였다.

천마신권은 무생의 옷에 자국을 남기는 것에는 성공했지만 무생의 피부에 닿지는 못했다.

"주먹질은 잘하는군."

잠시 멈춰선 무생이 그렇게 말하자 광노는 웃음을 터뜨렸다. 무생의 칭찬은 더 이상 없을 영광이었다. 특히나 일평생을 바쳐 이룩한 무공을 칭찬받으니 광노는 이러한 와중에서도 웃음을 터뜨릴 수 있었다.

"장난은 끝이다. 그만 비켜라."

천마신권으로는 무생의 살기 섞인 이성을 다시 흔들어놓을 수 없었다. 천마신공은 어차피 인간이 만든 무학이었고 천마신공을 만든 사조 역시 그 한계를 벗어나지 못했으니 말이다.

광노가 바라보자 뇌노는 신음을 내뱉으며 고개를 끄덕였다. 천마신공을 펼친 후 광노의 모습은 더욱 하얗게 변해 있었다. 인간의 극에 이른 무공을 쓰니 신천불탈체진이 깨져간 탓이다.

"음……!"

광노는 우화등선을 억누르며 깨달음을 집대성해 만든 자

신만의 무공을 꺼내 들어야 했다. 그래야 무생의 마음에 파문이 일 것이고 차갑게 가라앉은 이성이 흔들릴 것이다.

위력은 두말할 것도 없으나 그것을 쓴 후에 광노는 더 이상 이곳에 머물 수 없을 것이다.

'오십 년 전까지만 해도 그토록 우화등선을 바랐건만…… 지금은 이 길이 후회스럽구나.'

광노는 천천히 자세를 잡았다. 우화등선을 억누르며 무생의 곁을 끝까지 지키고 싶었던 광노였다.

우화등선의 시기를 놓쳐 그저 도를 좀 아는 노인으로 머문다고 해도 그것에 후회는 없을 것이라 생각했다.

무생의 곁에 있는 것이 하늘의 뜻이 아닌 자신의 의지라 생각했다. 하지만 비로소 마지막이 되니 그것이 틀렸음을 어렴풋이 깨달았다.

"지난 구십 년…… 무척이나 즐거웠네."

광노의 표정은 너무나 평화로웠다. 인자한 미소는 신선의 풍모를 보여주었다. 광노의 몸에서 어떤 후광이 비치는 것 같았다.

광노의 내력은 점차 신선지기로 바뀌고 속세의 육체는 흐릿해져 곧 바스라질 것만 같았다. 검노와 독노가 내력을 퍼부어 그것을 억제하고 있었고 뇌노가 끊임없이 진을 재배치하며 시간을 벌어주었다.

무생은 차분히 그것을 바라보며 눈을 빛낼 뿐이었다.

"가겠네."

광노의 음성이 주위를 장악했다.

"자네에게 무공이 무엇인지, 나아가야 할 길을 보여주겠네."

무생에게는 인간의 경지가 해당되지 않을 테지만 그 마음가짐만큼은 전할 수 있다고 광노는 믿었다.

광노는 표정을 지우며 천천히 주먹을 쥐었다. 신선에 이른 광노의 내력은 마름이 없었다. 물론 무생과 비교한다면 손색이 있기는 했지만 인간의 몸으로 담을 수 없는 크기였다.

광노의 기세가 일변했다. 잔잔한 호수같이 가라앉아 있던 기운이, 타오르는 무생의 화염에 맞추어 흔들거리다가 파도처럼 일어난 것이다.

"영생권(永生拳)……."

신선에 이른 광노는 분명 영생을 얻었다. 이로써 동등하게 무생과 마주볼 수 있는 자격을 얻은 것이다.

광노는 자신의 모든 깨달음을 담은 권법을 영생권이라 이름 붙였다.

영생권은 단 한 초식밖에 존재하지 않았다. 단순히 주먹을 뻗는 동작뿐이었다.

두드드드드!!

쥐어진 주먹이 무생을 향해 나아갔다. 동시에 주변으로 비산하던 먼지들이 시간이 멈춘 듯 그렇게 멈춰 버렸다. 영생권은 공간 그 자체마저도 가만히 놔두지 않아 모든 것이 일그러지기 시작했다.

인세의 무공이 아니었다. 세상의 모든 인과로부터 벗어난 그야말로 하늘에서밖에 펼칠 수 없는 신선의 무공이었다.

무생에 의해 자욱하게 내려앉았던 구름들이 걷히며 태양 빛이 쏟아져 내렸다.

콰아!

주면의 모든 사물을 뭉개 버리며 나아가는 영생권은 도저히 막을 수 없는 일격으로 보였다. 어떠한 공력으로도 대항할 수 없는 인외의 권법이었다.

허나 무생에게는 아니었다. 찬란하게 빛나며 다가오는 기운이 따듯하게 느껴질 뿐이었다.

공간을 일그러뜨리는 위력은 무생의 시선을 잡아끌지 못했다. 그것이 결코 자신의 목숨을 가져갈 수 없다는 것을 알고 있었기 때문이다.

콰가가가가가!!!

무생의 몸과 광노의 일격이 부딪혔다. 지면이 일어나고

구름이 박살 났다. 마치 하늘과 땅이 섞이는 듯한 장관이었다.

광노의 몸이 무생에게 빨려들어 가며 주먹이 화염을 뚫고 무생의 앞에 당도했다. 무생의 주변에 펼쳐진 압도적인 선천지기는 광노의 주먹을 밀어내며 화염을 퍼뜨렸다.

자그마한 불꽃조차 압도적인 염강기로서 바위 하나를 그 자리에서 녹여 버렸다. 그런 염강기가 산 전체로 퍼져나가는 모습은 세상의 종말을 보는 듯했다.

광노의 기세가 점차 화염에 잡아먹히는 듯했다. 허나 광노의 주먹은 계속 나아갔고 광노의 모습에는 흐트러짐이 없었다.

"……멸세(滅世)."

그그극!!

광노의 나지막한 말이 들리는 순간 주변을 뒤덮던 염강기가 깨져 나갔다.

한 차례 폭발이 있었다.

콰아아아!

광노의 주먹이 무생의 지척에 다다른 순간 격돌하는 두 기운이 더 이상 버티지 못하고 폭발한 것이다. 땅이 하늘로 치솟고 구름이 바다로 내려앉는 기이한 변화 속에서 광노의 주먹이 명백하게 무생의 가슴에 닿았다.

주욱!

무생의 신형이 급격하게 뒤로 밀려났다. 지탱하며 서 있는 두 발이 바닥을 가르며 계속해서 뒤로 밀려나고 있는 것이다. 스무 발자국 정도 밀려나고서야 무생의 신형이 멈추어 섰다.

광노의 일격을 몸으로 받아내는 순간 무생의 눈이 크게 떠지며 흔들렸다. 뇌리 속에 떠오른 구십 년의 날들이 무생의 가라앉은 마음을 다시 끌어 올린 것이다.

"광노……."

무생의 입에서 그의 이름이 새어 나왔다. 놀란 듯한 무생의 얼굴은 광노에게 큰 미소를 짓게 만들었다.

"허허! 자네의 그런 표정을 보게 될 줄이야! 오래 살길 잘했군."

광노는 통쾌하다는 듯 크게 웃으며 그렇게 말했다. 무생이 놀라는 얼굴은 구십 년 동안 보지 못한 새로운 모습이었기 때문이다.

무생은 광노의 변한 모습에 놀랐다가 자신의 가슴을 바라보았다. 살짝 찢어져 흐르는 피는 붉은색이었다. 자신의 피가 붉은색인 것이 눈에 들어오는 순간 무생은 알 수 없는 감동에 빠져들었다.

"그래도 닿았나 보군. 내 일생이 헛되지 않았어."

광노는 미련이 없다는 듯 고개를 끄덕였다. 무생에게 상처를 입힌 것만으로도 신선이 된 것에 후회는 없었다.

"광노, 자네……."

광노의 주먹이 점차 재가 날리듯 바람에 사라져 갔다. 온몸이 바람에 살짝 흔들렸고 날리는 잎사귀마냥 어딘가로 사라져 가고 있었다.

육체가 사라져 감에도 광노의 모습은 너무나 뚜렷하게 보였다. 한 치의 더러움도 없는 깨끗한 모습은 천상계를 노니는 신선이 확실했다.

우화등선!

모든 무림인들의 꿈이 무생의 눈앞에서 펼쳐지고 있었다. 하늘이 열리고 신선이 되어 오르는 모습은 그 누구도 볼 수 없었던 광경일 것이다.

"내 먼저 가서 기다리겠네. 언젠가 자네도…… 다다를 수 있겠지. 형태는 다르겠지만 말일세."

무생은 광노의 웃는 얼굴을 본 순간 아무 말도 할 수 없었다. 구십 년을 보아왔던, 친우라 부를 수 있는 광노가 떠나는 장면은 무생의 마음을 뒤흔들어 놓았다.

"그런 꼴로는 같이 술을 마시지 못하겠군."

"신선주라면 가능할지도 모르지!"

"담가놓아야겠어."

광노의 육체가 완전히 사라지고 뇌노의 기문진이 모조리 박살 났다. 검노와 독노 그리고 비노는 기력을 다한 듯 그 자리에 앉아 운기조식을 해야만 했다.

광노는 조금은 미련이 남는다는 듯 무생을 바라보았다.

무림에서 이룩한 일과 포기한 일들, 그런 것에는 전혀 어떠한 집착도 가지고 있지 않았다. 단지 무생과 같은 것을 보고 같은 곳을 향해 나아가고 싶다는 생각만 들뿐이었다.

"무생, 존재하는 모든 것에는 이유가 있다네. 자네의 생 역시 그러할 것이야."

"그런 것 따위는 바라지도 않아."

무생은 담담하게 광노를 바라보며 그렇게 말했다. 삶의 이유 따위는 잊은 지 오래였다. 광노는 무생을 보며 고개를 끄덕이더니 다시 입을 떼었다.

"내 과거에 많은 피바람을 불게 했지. 용서받지 못할 일이지만 그 피 값으로 인해 지난 세월 동안 선계에 들지 못했음을 감사하게 여기고 있다네."

깨달음을 얻고도 피 냄새를 씻는 데 오십 년의 세월이 걸렸다.

그리고 사십 년 동안 스스로를 억제하며 우화등선을 미루어온 광노였다.

"마교를 부탁하네."

"마교?"

무생이 마교라는 이름을 입에 담는 순간 광노가 하늘로 치솟았다.

무생은 눈을 크게 뜨고 광노가 한 줌의 빛으로 사라지는 광경을 바라보았다.

천마지존이라 불리며 무림을 공포로 물들였던 전설이 마를 벗어던지고 신선이 되어 사라지는 순간이었다.

"천마지존도 저렇게 가버렸군."

검노가 그렇게 말하며 자리에서 일어났다. 검노는 시원섭섭한 표정으로 하늘을 바라보았다.

천마지존이라는 무시무시한 이름 치고는 정이 많은 사람이었고 야망에 젖어 피를 불러왔지만 그만큼 많은 사람을 살린 위대한 자였다.

"무생을 막다니 그 무공이 헛되지는 않았구려. 천마지존."

독노가 그렇게 말하며 고개를 설레 내저었다.

독노의 눈에는 반쯤 날아간 산의 모습과 쑥대밭이 된 숲이 보일 뿐이었다. 다만 하늘은 너무나 맑아 절로 빠져들 것 같았다.

무생은 광노가 올라간 하늘을 바라보다가 반쯤 박살 나 절벽이 되어버린 산을 바라보았다.

절반이 날카롭게 잘려 나가 자연적으로는 도저히 발생할 수 없는 모습이 되어버렸다.

"내가 가진 진법으로도 모두 막을 수는 없었네. 저 정도가 된 것도 다행이지."

뇌노는 허리가 아픈지 허리를 움켜쥐며 말했다. 무생은 잠시 뇌노를 바라보았다.

뇌노의 모습은 새하얗게 바래 있었다. 그것은 검노와 독노 역시 마찬가지였고 아직 운기조식 중인 비노는 모습이 더욱 화사해져 마치 선녀와도 같은 분위기를 풍기고 있었다.

무생은 시선을 돌려 절벽을 바라보며 입을 떼었다.

"광노의 본명이 무엇이지?"

뇌노는 허리를 완전히 펴며 조금 생각하는 듯하다가 부드럽게 웃었다. 광노와 무림 활동 시기가 비슷한 뇌노는 잠시 추억에 빠진 듯했다.

"천마지존 단마천!"

광노가 스스로 버렸다는 이름이 과거를 초월하여 다시 이곳에서 거론되었다.

무생은 단마천이라는 이름을 몇 번 중얼거려 보았다. 조금씩 그의 입가가 호선을 그리기 시작했다.

"나쁘지 않은 이름이군."

무생의 기운은 어느새 사라져 있었다.

주변이 너무나 고요해 마치 딴 세상에 있는 것 같았다. 무생은 천천히 손을 들어 절벽이 되어버린 산을 향해 뻗었다.

드드득!

절벽의 깎여 나가며 너무나 쉽게 한 획 한 획이 그어졌다.

한 획마다 광노가 펼쳤던 천마신공의 묘리가 담겨 있었고 글씨가 완성될수록 광노가 펼쳤던 최고의 무공을 닮아갔다.

무생이 손을 내렸다.

천마지존 단마천 등선.

절벽에 그렇게 새겨졌다. 검노와 독노는 고개를 끄덕이며 그것을 바라보다가 무생에게 시선을 돌렸다.

"이제 무엇을 할 생각인가?"

검노가 물었다. 무생은 생각할 것도 없다는 듯 입을 떼었다.

"소연이를 찾고 모용천, 그리고 관련된 모든 곳을 쓸어버려야지."

"득도촌으로 그냥 돌아가면 안 되겠는가?"

검노의 말에 무생은 고개를 저었다.

광노가 우화등선을 하며 무생의 감정을 제대로 자리 잡게 했기에 방금처럼 무생이 폭주하는 일은 없을 테지만 그래도 걱정이 되는 것은 어쩔 수 없었다.

"검노, 날 막을 텐가?"

"음…… 두렵군. 두려워."

무생의 분노를 막을 수 있는 사람은 이제 존재하지 않을 것이다. 신선이 되기에는 아직 미련을 버리지 못한 검노에게는 분명 벅찬 일이었다.

"걱정 말게. 광노가 거슬리는 걸 제대로 푸는 방법을 알려주었으니까."

무생은 감정을 솔직하게 느끼고 거기에 휩쓸리지 않는 법을 광노에게서 배웠다.

"그래, 그렇다면 다행이군."

검노는 조금 힘든 기색으로 그렇게 말했다. 검노는 무생 옆으로 걸어와 나란히 섰다.

"그 아이와의 연은 아직 끊기지 않았네. 자네와 다시 만날 수 있을 걸세."

"지금 어디에 있는지 알 수 있나?"

검노는 고개를 저었다.

"알 수 없는 무언가가 천기를 흐리고 있다네. 그것은 굉장히 어둡고 끔찍하군."

검노는 진정으로 두렵다는 듯한 표정이었다. 그는 곧 표정을 수습하며 다시 입을 떼었다.

"다시 합비로 가도록 하게. 그러면 길이 열릴지도 모르네. 나도 나대로 속세에 머물며 알아보도록 하지."

검노는 그렇게 등을 돌리며 사라졌다. 독노는 비노를 데리고 검노를 뒤따라갔다.

그들은 말을 남기지는 않았지만 무생을 걱정하는 마음은 충분히 전해졌다.

"술래잡기라도 하자는 것이냐."

남궁소연을 데려간 혈마인들은 이미 모습을 감춘 지 오래였다.

광노가 막아서지 않았더라면 찾아낼 때까지 모든 것을 파괴했을지도 몰랐다.

자신이 억눌러온 것은 자신의 생각보다 커다란 것이었고 이성을 끌어내릴 만큼 허무한 것이었다.

하지만 이제는 어느 정도 제대로 바라볼 수 있게 되었다. 광노가 그것을 알려주고 간 것이다.

"신선이 되었군. 단마천."

무생은 그렇게 말하며 등을 돌렸다.

남궁소연을 찾기 위해서는 데려간 자들이 누구인지 알아야했다.

혈마기를 태우며 흔적을 모두 지운 저들을 찾아내는 것은 무생으로서도 많은 집중이 필요한 일이었다.

찾아낼 수는 있으나 얼마만큼의 시간이 지날지 몰랐다.

"자네의 말을 따라주도록 하겠네."

무생은 광노, 아니 단마천의 의지를 따라주어야 한다고 생각했다.

파괴하는 것은 눈앞에 거슬리는 것이 아닌 치워야 할 혈마인들, 그리고 모용천이었다.

"어떻게든 살아만 있어라."

남궁소연을 떠올리며 무생은 그렇게 말했다.

살아만 있다면 어떤 상태든 고칠 수 있다. 목숨만 붙어 있다면 말이다.

무생은 이제 자신이 남궁소연을 걱정하고 있다는 사실을 부정하지 않았다.

홍수처럼 밀려오는 감정들이 당황스럽기는 했지만 광노 덕분에 차갑게 이성을 유지하지 않아도 스스로 감당하며 주체할 수 있었다.

광노의 깨달음이 무생에게 힘이 되어준 것이다.

무생은 검노의 말대로 합비로 돌아가 그들에 대해 알아

볼 필요성을 느꼈다.

남궁소연을 데려간 자들이 누구이든 모조리 박살 내고 남궁소연을 황산으로 데려가 집을 지어줄 것이다.

그것이 지금 무생에게 남은 유일한 목표였다.

第二章

혈교와 마교

무생록

혈마기가 혼적들을 모조리 지운 덕분에 아무리 무생이라
고 하더라도 남궁소연을 납치해간 자들을 찾으려면 상당히
시간이 오랜 걸릴 것이다. 때문에 정보가 필요했다.

무생은 스스로 무림에 대해서는 아는 것이 그다지 없음
을 알고 있었고 남궁소연을 납치해 간 자들에 대해서도 잘
몰랐다.

감정이 차갑게 내려앉아 버렸을 때는 모조리 부수어 찾
아냈겠지만 지금은 아니었다. 자신이 가진 힘이 얼마만큼
이나 대단한 것인지 무림맹주를 무참히 발라 버린 순간부

터 절실히 깨달을 수 있었다.

강함이라는 개념은 무생에게는 필요하지 않았지만 무림에 나오면서 필요하게 된 것이었다. 스스로에 대해 아는 것역시 그러했다.

무생이 일으킨 재해와도 같은 광경을 본 사람은 다행히그 누구도 없었다. 뇌노가 기문진을 설치한 덕분에 산 하나가 반쯤 박살 나는 광경이 기문진 밖에서는 보이지 않았기때문이다.

무생이 합비로 돌아가기 위해 기문진 밖으로 나가는 순간 주변에 안개가 끼게 되었다.

산이 박살 나고 지면이 녹아내린 이 광경은 무림인들에게 큰 깨달음을 주어 득도의 길로 안내할 테지만 뇌노가 절대 공개해서는 안 된다고 판단한 것이다.

"괜찮은 수법이로군."

무생은 순수하게 뇌노의 기문진에 살짝 감탄할 뿐이었다. 무림에 나와 여러 가지를 공부한 무생은 이제 누구보다뛰어난 식견을 지니고 있었다.

뇌노가 진법에 관해서는 신선보다 더 뛰어나다고 자부하고 있지만 무생이 시간을 가지고 조금 더 파고든다면 뇌노와 비슷해질 정도였다.

합비로 돌아오자 피해를 수습 중인 무림인들이 보였다.

사파연합, 마교 그리고 무림맹의 모든 무림인이 동료의 시신을 수습하고 상황 파악을 위해 심각하게 서로 이야기를 나누고 있었다.

혈마인과 대항하여 싸운 덕분인지 서로 싸울 기미는 보이지 않았고 각자 뒷정리하기에 여념이 없었다.

"여, 염마지존이 돌아오셨다!"

"와아아!"

합비의 무림인들이 피해를 수습하는 와중에 무생을 발견하여 그렇게 소리쳤다. 그러자 모든 무림인들이 무생을 바라보았다.

정파 사파 그리고 마교의 인물들이 하나같이 눈을 빛내며 바라보았는데 그들 모두 무생을 염마지존이라 부르는데 전혀 주저가 없었다.

"주군!"

춘삼이 무생의 앞에 나타나 부복했다. 기척도 없이 갑자기 나타나는 모습은 춘삼이 고명한 신법을 익혔음을 알려주었다.

무림인들은 춘삼의 무공에 감탄했지만 무생은 담담히 춘삼을 바라보았다.

"가셨던 일 어떻게⋯⋯."

"구하지 못했다."

주위에 침묵이 자리 잡았다. 특히나 구파일방의 제자들은 더더욱 그랬다.

무생이 혈마인의 손아귀로부터 남궁소연을 구하기 위해 나섰다는 것은 모든 이가 다 아는 사실이었다.

"안타깝군요. 남궁세가의 일은 모용준이 꾸민 일로 결론이 났습니다만……."

구파일방의 무리 속에서 홀로 서 있던 제갈미현이 그렇게 말했다. 무림맹의 책사인 제갈미현이 스스로 남궁세가에 대해 오해가 있었음을 인정한 것이다.

무생은 천천히 시선을 돌려 제갈미현을 바라보았다. 무생의 표정은 전보다 상당히 많은 감정을 담아내고 있었다.

명백하게 보이는 감정은 지금 무생이 제갈미현을 마음에 들어 하지 않고 있음을 말해주었다. 그녀에게서 무생이 싫어하는 냄새가 났다.

"네가 모용준의 책사였나."

무생이 바라보는 것만으로 제갈미현은 몸을 떨며 움직일 수가 없었다. 무생의 존재감은 모용준에 비할 바가 아니었다. 무생의 눈이 차가운 빛을 머금자 제갈미현의 안색이 더욱 나빠졌다.

구파일방의 모두가 역시 제갈미현과 다르지 않았다. 따

지고 보자면 무생의 분노는 당연한 것이었다. 모용준의 손아귀에 놀아나 진정한 적이 누군지 모르고 남궁소연을 핍박한 것이니 말이다.

게다가 지금 남궁소연은 혈마인의 손아귀에 넘어가 생사를 모를 지경이었다.

무림맹에 책임을 묻는 것은 당연한 수순이었다.

"염치없지만 부탁드리겠소. 염마지존께서는 부디 노여움을 거두어주시오."

무림의 어른인 의선이 나서서 말하자 구파일방의 모두가 반색하며 그에 동조했다. 무생은 제갈미현에게서 시선을 거두며 의선을 바라보았다.

"내가 왜 그래야 하지?"

무생은 당연하게도 기분이 좋지 못했다. 남궁소연을 데려간 혈마인이나 그녀를 괴롭힌 무림맹이 똑같이 보일 뿐이었다.

은연중에 무생의 기운이 주변을 내리 눌렀다. 주변의 모두가 감히 입을 떼지 못하였다. 무생을 막을 명분이 없었고 실력은 더더욱 없었다. 사파연합과 마교는 무생의 눈치를 볼 뿐이었다.

그들로서는 조용히 있는 것이 가장 좋은 방법이었다. 세월을 견디며 억눌러 왔던 다양한 감정과 마주하게 된 무생은 충분히 변덕스러웠다.

"누구나 잘못을 하게 마련이오."

의선이 뒤에 있던 취화선인이 나서며 그렇게 말했다. 무생은 기운을 조금 누그러뜨렸다.

"중요한 것은 잘못을 알고 그것을 바로잡을 기회를 외면하지 않는 것이겠지."

"기회를 달라는 말이오?"

무생이 흥미롭다는 표정으로 취화선인을 바라보았다.

"당신과 관계가 없는 일인데?"

"개방에 몸담은 본인 역시 책임이 있소."

취화선인이 고개를 숙이자 무당의 제자들이 나서며 고개를 숙였고 소림 역시 그러했다.

무림 역사상 구파일방이, 그것도 주요 전력이라 불러도 무방한 고수들이 누군가에게 고개를 숙인 적은 없을 것이다.

이러한 광경은 모두에게 놀라움을 전해주었고 염마지존에 대한 존경심에 불을 붙이는 데 한몫했다.

'기회라······.'

지금은 이성적으로 무엇이 가장 좋을지 생각해야 할 때였다. 저들을 처리하는 일은 어렵지 않았다. 무림맹의 전력을 말 그대로 박살 낸 자신이었으니 말이다.

천하삼절이 떼거지로 덤벼도 애초부터 상대가 되지 않았다. 무림에 자신을 막을 수 있는 자는 없음이 옳을 것이다.

'그들을 찾는 데 도움이 되긴 하겠지.'

무생은 일단 기회를 줘보기로 했다. 무생이 고개를 끄덕이자 안도의 탄성이 새어 나왔다.

안색이 새파랗게 질렸던 제갈미현도 간신히 안심한 눈치였다. 무생은 그런 제갈미현을 바라보다가 입을 떼었다.

"고맙소. 무당은 지원을 아끼지 않을 것이오!"

"소림 역시 과오를 뉘우치고 정의를 바로잡는 데 힘을 보탤 것이오!"

"종남 역시!"

구파일방의 모두가 무생을 향해 포권지례를 했다. 그 모습은 지켜보는 자들에게 무언가 전율을 가져다주었다. 무생은 엄숙한 분위기 속에서 입을 떼었다.

"혈마인에 대해 아는 것을 모두 말하시오. 사소한 것까지 모두 다."

무생의 말에 취화선인이 제일 먼저 고개를 끄덕였다. 정보에 있어서 개방을 따라올 집단이 없으니 자연스럽게 그 역할은 개방과 하오문이 맡게 될 것이었다.

혈마인들이 아무리 철두철미해도 개방의 눈을 무시할 수는 없을 것이다.

"그들이 있는 곳을 발견하면 나서지 말고 나에게 알려주시오."

"나서지 말라니 어떠한 연유에서……?"

제갈미현이 조심스럽게 묻자 무생의 입가에 진한 호선이 그려졌다. 제갈미현에게는 그 미소가 마치 자신에게 내려진 사형 선고처럼 보일 뿐이었다.

"내가 가서 모조리 박살 낼 것이니 나서지 말란 소리다."

무생의 목소리에 지금 품고 있는 고스란히 감정이 담겨 있었다.

무생은 전이라면 지을 수 없는 표정을 짓고 있었다. 그 웃음이 너무나 섬뜩해서 의선마저 몸을 떨며 신음을 내뱉을 정도였다.

무생은 모용천, 그리고 혈마인들을 박살 내는 권한을 그 누구에게도 넘길 수 없었다.

모조리 찾아내서 철저하게 박살 낼 것이다. 그들이 어디에서 왔든, 정체가 무엇이든 말이다.

* * *

제갈미현이 다시 무림맹주를 뽑아야 한다고 제의했지만 구파일방은 들은 척도 하지 않았다.

무림맹이 껍데기만 남게 되자 몰락하는 것은 당연히 제갈세가였다.

무림맹의 후광으로 오대세가에 오른 제갈세가였으니 그것은 당연한 수순이었다.

만약 무림맹주를 정해야 한다면 만천하에 그 이름을 떨치고 있는 염마지존이 합당하다는 소문이 나돌았다. 무생은 당연히 그 어떤 흥미나 관심도 없었다.

무생은 개방과 하오문으로부터 혈마인에 대한 모든 정보를 얻을 수 있었다.

개방과 하오문이 동시에 누군가에게 정보를 제공하는 것은 무림 역사상 처음이었다.

든든한 눈과 귀가 생긴 것이나 다름없었다. 그 누가 개방과 하오문의 눈을 피할 수 있단 말인가.

기본적인 인간의 생리를 지닌 자들이라면 결코 피할 수 없을 것이다.

'혈교인가.'

무생은 혈마존이라는 자가 세운 혈교라는 곳에 대해 생각했다.

본래 마교였지만 분리되어 나와 무림에 피바람을 일으켰다고 알려진 단체였다.

그 명맥이 지금까지 남아 혈마인을 만들어내고 남궁소연

을 납치한 것이었다.

무생은 혈교가 어째서 남궁소연을 납치한 것인지 몰랐지만 심상치 않은 이유가 있음을 직감했다.

죽이지 않고 데려간 것으로 보아 어떤 식으로든 살아 있을 확률이 높으니 그것이 다행이라 생각했다.

'이렇게 일이 꼬일 줄은 몰랐어.'

꼬인 매듭을 푸는 가장 좋은 방법은 잘라 버리는 일이겠지만 무생은 하나씩 풀어가기로 마음을 먹었다.

혈교와 하나였던 마교 역시 박살 낼 대상이었지만 광노가 그리 부탁했으니 넘어가기로 했다.

"황산에서 보았다고 했나."

개방은 가면을 쓴 자들을 본 적 있고 남궁소연의 남동생의 행적이 끊겼던 황산 근처를 가장 유력한 은거지로 꼽고 있었다.

그곳에 혈교의 본거지가 없더라도 분명 단서는 있을 것이라고 생각한 무생이었다.

시간이 얼마 지나지 않은 시점이니 현재 황산에 숨어들어 갔는지도 몰랐다.

무생이 정의천 밖으로 나오자 수많은 무림인이 무생을 마중 나왔다.

합비의 성녀로 알려지기 시작한 홍수희와 춘삼과 그의

형제들, 그리고 사파연합과 마교의 주요 인물들까지 있었다.

취화선인과 무당의 의선, 그리고 그의 제자인 설희 역시 자리했다. 설희는 차가운 표정이 아니었다.

무생이 준 술을 먹고 증상이 많이 나아진 것이었다. 의선이 그 사실을 알았을 때 깊게 탄식하며 무생의 자비에 감복할 뿐이었다.

망설이는 설희를 본 의선이 그녀의 어깨에 손을 얹었다. 그러자 설희는 결심을 한 듯 무생의 앞으로 다가와 공손하게 인사했다.

"염마지존께 범한 제 무례를 용서해 주십시오."

무생의 시선이 닿는 순간 그녀는 살짝 몸을 떨었다. 무생은 그다지 설희의 행동에 대한 생각을 해본 적이 없었다.

그는 잠시 생각하다가 고개를 저었다.

"아……."

무생이 고개를 젓자 설희는 옷소매를 움켜쥐었다. 의선역시 안타까운 눈으로 설희를 바라보았다. 무생은 작은 웃음을 내뱉었다.

예전이라면 단순한 흥미로서 사람을 대했겠지만 지금은 조금 달랐다. 허무함이 아직까지도 마음속을 가득 메우고 있었지만 그래도 그 속에 무언가 존재하게 된 것이다.

"소연이와 잘 맞을 것 같군. 나중에 그 아이와 친우가 되어준다면 생각해 보겠다."

무생은 그렇게 말하며 설희를 지나쳤다. 설희가 그 자리에 주저앉아 눈물을 흘리자 조용했던 분위기가 조금은 따듯해졌다.

"염마지존, 고맙소."

의선이 눈시울을 붉히며 말하자 무생은 고개를 저었다.

"무생, 그냥 무생이오."

"그렇구려. 허허허. 어떤 별호도 그 이름 앞에 어울리지 않을 것이오!"

무생이 다시 발을 옮기자 바다가 갈라지듯 많은 인파가 양옆으로 갈라졌다. 누구도 함부로 입을 떼지 않았다. 소림은 묵묵히 합장할 뿐이었고 멀찍이 있던 마교의 소교주 역시 지켜보다가 사라졌다. 사파연합의 인물들도 오늘만큼은 난동을 부리지 않았다. 그들 모두 무생에게 큰 빚이 있었다. 그 빚을 갚기 전까지 서로 불가침하기로 한 것이 얼마 전에 있었던 합의 내용이었다.

무생은 흰 옷이 아닌 평소의 검은 무복을 입고 있었다. 광노가 즐겨 입던 형식의 옷이었고 무생 역시 마음에 들었다. 무생에게는 짐이 없었다. 그저 옷 한 벌이 전부였다.

잠시 멈춰선 무생이 크게 발을 딛자 그의 신형이 사라졌다. 무적수라보를 시전해 크게 하늘로 날아오르는 모습을 본 자는 아무도 없었다. 무생의 선천지기가 개방되는 순간 한 차례 바람이 일었다.

콰아아!!

정의천에 바람이 몰아치는 순간 무생의 신형이 뻗어갔다. 무적수라보는 한층 더 발전되어 있었다. 광노가 보여주었던 천마군림보의 묘리가 섞여 있어 움직임 자체는 전보다 훨씬 부드러워졌지만 몰아치는 기운은 한층 더 강렬했다.

바람이 사라지는 순간 무생은 순식간에 합비를 벗어났다.

第三章

산적과 도둑

무생록

무생이 길을 떠난 지 얼마 되지 않았지만 합비에는 많은 변화가 있었다.

우선, 무림맹이 몰락한 시점에서 정의천이 그 기능을 대신하고 있었다.

제갈미현이 참모로 무림맹을 유지하고는 있지만 이미 껍데기만 남은 상태였다.

무림맹주가 혈마교의 하수인이라는 것이 밝혀진 시점에서 백도무림의 그 누구도 무림맹을 신용하지 않았다.

구파일방에서는 무림맹의 모든 자들에 대해 검사를 해야

한다고 주장했다. 제갈미현도 피해갈 수는 없었지만 그녀는 늘 그렇듯 태연했고 오히려 백도무림을 위해 모든 것을 받아들인다 하였다.

그 검사를 무생신교에서 나서서 지원하였다.

무생신교의 염의녀들은 혈마인지 아닌지 판별할 수 있는 능력을 지녔기 때문에 염의녀들이 스스로 지원하였고 의선이 도왔다.

제갈미현에 대한 검사를 진행하니 그녀는 혈마인이 아니라는 결론이 내려졌다.

덕분에 제길미현에 대한 동정 여론이 고개를 들 때쯤 무생은 황산 부근에 이미 도달해 있었다. 상식적으로는 이해를 할 수 없는 속도였다.

무생이 황산 근처에 있다는 사실을 알게 된다면 무림인들이 분명 구름처럼 몰려올 것이다.

천하제일인 염마지존 무생!

현 무림에서 더 이상 무생을 모르는 자가 없었다.

홀로 천무형을 이겨냈을 뿐만 아니라 혈마인의 손아귀에 빠질 뻔했던 무림맹을 구해내고 합비를 지켜낸 영웅이었다.

홀로 구파일방의 전력과 싸우고 모용준을 박살 낸 일화는 이미 무림인들 사이에서 전설이 되어버렸다.

그것이 단 한 명의 여인 때문이라는 일이 알려지자 많은 여협들이 눈시울을 붉힌 것은 여담이다.

그런 유명세 덕분에 여러 무림인들이 무생이 입고 다니는 검은 무복을 입고 다녔고 무생을 따라하는 사람들이 꽤나 많아졌다.

무생이 입고 있는 옷은 광노가 처음 준 무복과 똑같았고 그것은 과거 천마지존이 즐겨 입었던 형식의 복장이었다.

무생을 흉내 내는 사람들은 무복이라고 생각할 수 없는 지나치게 화려한 옷을 입고 다녔기 때문에 오히려 무생의 모습이 묻힐 지경이었다.

누군가 지금 무생의 모습을 본다면 염마지존을 흉내 내는 자로 보일지도 몰랐다.

그러나 안타깝게도 합비에서 황산 부근까지 오는 동안 무생을 발견한 자는 단 한 명도 없었다.

두드득!

무생의 신형이 멈춘 순간 숲이 진동하는 듯한 충격이 일었다. 돌바닥에 새겨진 깊은 발자국과 부서진 지면이 방금 전 있었던 충격의 크기를 말해주었다.

"황산을 부수어 버리는 것이 나을까?"

광노와 일전을 치루기 전이었다면 그리했을지도 몰랐다.

황산 자체를 부수다 보면 언젠가 혈교 놈들이 튀어나올 것이고 개미집을 쑤시는 것처럼 차례차례 부수면 모든 것이 잘 마무리될지도 몰랐다.

어쨌든 모용천과 혈교의 존재가 사라지는 것은 기정사실이었고 단지 시간의 문제였다.

무생이 잠시 풍경을 보며 생각에 빠지다가 이동하려던 참이었다.

주변에서 인기척이 느껴졌다. 무생은 그냥 무적수라보를 시전하려 하다가 정확히 자신을 향해 다가오는 터라 잠시 멈춰 섰다.

"크하하하! 샌님 같은 놈이 황산으로 가는 길에 올랐구나!"

"그렇다면 녹림에 적선을 하지 않고서는 지나칠 수 없지!"

숲 속에서 나타난 자들은 산적이었다. 산적이기는 하지만 녹림십팔채에 몸을 담고 있는 자들이었다. 거대한 체구에 도끼 따위를 들고 있어 상당히 위협적으로 보였지만 무생은 그들을 쳐다볼 뿐이었다.

"산적?"

"어허! 우리 녹림의 형제들을 그런 말로 비하하다니! 네놈은 정녕 겁대가리를 상실했구나! 하하하하!"

호탕하게 웃는 모습이 나쁘게 느껴지지는 않았다. 무생은 피식 웃고는 그들을 바라보았다.

"용건은?"

"소형제가 잘 모르는 모양인데 이 부근에서는 소형제 같은 샌님이 자주 실종되곤 하지. 적당히 적선해 주면 우리가 근처 마을까지 가는 동안 보호해 주겠네."

수염이 덥수룩한 산적이 자신의 가슴을 치며 그렇게 말했다. 산적 치고는 제법 정중한 말투였지만 어쨌든 무생의 돈을 빼앗으러 온 의도는 분명했다.

"안타깝지만 나는 한 푼도 가지고 있지 않다."

"흐음, 어디 귀한 집 자제 같은데 그럴 리가 있겠나! 나로 말할 것 같으면 이 바닥에서 산적질, 아니 협행을 오 년 동안 해온 녹림 고수이네. 누가 돈이 있는지 없는지 척하면 척이지."

수염이 덥수룩한 산적과 덩치가 산만 한 산적이 무생의 앞으로 다가왔다. 인상이 워낙 험악해 범인이라면 단박에 겁을 먹고 돈을 절로 가져다주었을 것이다. 그러나 무생에게는 그럭저럭 순박하게만 보일 뿐이었다.

"이 근방에서 실종 사건이 자주 있나?"

"으음? 그렇지. 그래서 우리가 소형제들을 보호해 주기 위해 이런 협행을 하고 있는 것이네!"

"암! 녹림의 형제들이 이 근방의 사람들을 모두 지켜주지! 하하하."

무생은 호탕하게 웃는 산적들을 보며 살짝 고개를 끄덕였다. 황산 부근에 들어서면서 무언가 알 수 없는 느낌을 받았는데 아무래도 혈교와 관련이 있을 것 같았다. 합비에서 일어난 실종 사건과 같은 종류의 것인지도 몰랐다.

"수고하는군."

무생이 그렇게 말하자 산적들이 웃음을 멈추고는 눈을 깜빡였다.

"하하하! 말이 통하는 소형제로군!"

"무림 평화를 위해서 당연한 일이지!"

산적들은 무생이 마음에 드는지 호탕한 웃음을 흘렸다.

"하지만 돈은 없군."

"음……."

산적들이 고민하기 시작했다.

보통 때라면 억지로 잡아서 뒤졌겠지만 무생의 모습을 보니 왠지 그것은 꺼려졌다. 그렇다고 오랜만에 잡은 건수를 놓치기는 아까웠다.

"그렇다면 쓸 만한 물품은 있는가?"

무생은 잠시 생각하다가 간단히 가지고 온 소도 하나가 생각났다.

품에 넣어놓고 단 한 번도 뺀 적이 없는 것인데 본래는 청룡검이 부서진 남궁소연에게 임시방편으로 주려 했던 것이었다.

검이 아니라 소도였지만 예기만큼은 청룡검에 절대 밀리지 않았다. 무생이 득도촌에서 가끔 과일을 깎을 때 쓰던 것이었으니 말이다. 적룡검이나 청룡검을 불쏘시개로 썼던 것에 비하면 대우가 좋다고 할 수 있었다.

무생이 소도를 꺼내자 산적들은 눈을 깜빡이다가 몸을 흠칫하고 떨었다. 소도에서 느껴지는 예기는 산적들의 오금을 굳게 만들 정도였다.

"그럭저럭 쓸 만하다고 생각한 것인데 마음에 들지는 모르겠군."

무생은 그렇게 말하며 소도를 쥐고 옆에 있는 큰 나무를 바라보았다.

무생이 가볍게 소도를 휘두르자 나무가 흔들리는가 싶더니 서서히 기울어졌다.

드르르 쾅!!

큰 크기의 나무가 사선으로 베어지며 쓰러졌다. 산적들은 입을 크게 벌린 채 그 광경을 바라보았다.

"하, 하하! 우, 우리가 실례했네."

"어, 음, 그 우, 우리는 그, 그다지 피, 필요치 않겠군."

산적들은 땀을 삐질삐질 흘리며 주춤 물러났다. 소도로 큰 나무를 베어버리는 일은 웬만한 고수가 아니고서는 할 수 없는 일이었다.

게다가 무생은 힘조차 들이지 않은 듯했으니 산적들로서는 어찌할 바를 모르는 것이 당연했다.

그리 나쁜 산적들 같지는 않아 무생도 적당히 겁을 주어 쫓아버리려 행한 일이었다.

강제성이 있기는 하지만 돈을 받고 지켜준다고 하니 그냥 놔두어도 상관없을 것 같았다.

"그, 그럼 우리는 이만……."

"가, 가보겠네."

산적들이 막 자리를 뜨려던 순간이었다.

"억?!"

"억!"

산적들이 목을 부여잡더니 그대로 바닥에 맥없이 쓰러졌다.

어디선가 날아온 돌멩이가 정확히 산적들의 수혈을 가격한 것이었다.

무생은 느껴지는 다른 인기척에 별다른 신경을 쓰지 않았는데 그 결과가 산적들이 바닥에 눕게 만들었다.

무생은 고개를 들어 나무를 바라보았다.

나무 위에는 제법 어려 보이는 체구의 소녀가 무생을 바라보고 있었는데, 얼굴은 가리고 있었지만 득의양양함이 느껴졌다.

그리고 그 옆에는 소녀와 상반된 얼굴로 어찌 할 바를 모르며 허둥대는 소년도 있었다.

소년은 무생과 눈이 마주치자 당황하며 죽립을 눌러썼다. 작지 않은 체구였지만 쓰고 있는 검은 죽립은 그보다 더 커서 뭔가 어울리지 않는 모습이었다.

착!

소녀가 먼저 무생의 앞에 신법을 전개하며 착지하자 소년이 뒤따라왔다.

당당해 보이는 소녀와는 다르게 소년은 조금 움츠리고 있었다.

"큰일 날 뻔하셨네. 아저씨. 우리가 아니었……."

소녀는 그렇게 말하며 무생을 바라보다가 무생의 얼굴이 보인 순간 잠시 말을 잊었다.

"저기 말이 안 끝났는데……."

"알아요! 잠깐 말이 꼬인 것뿐이에요."

소년이 그렇게 말하자 소녀가 발끈하며 외쳤다. 무생은 잠시 그들을 바라보다가 등을 돌렸다.

딱 봐도 도움이 되지 않아 보여 별로 엮이고 싶지 않았기 때문이었다.

"이, 이봐! 구명지은을 갚지 않고 그냥 가는 거야?"

소녀가 돌멩이를 던졌지만 무생은 살짝 고개를 젖혀 피하며 여전히 걸어갈 뿐이었다.

산적들은 그렇다 치더라도 꼬맹이들은 무시하고 싶은 무생이었다.

휘이익!

소녀가 무생을 뛰어넘어 무생의 앞을 막아섰다.

제법 그럴 듯한 신법이었다. 공중에서 자유자재로 방향전환을 하는 것은 상승무공이 아니고서는 힘들었기 때문이다.

"구명지은을 입었으니 당연히 보상을 해야지. 그것이 기본 예의 아닌가?"

"말이 짧군."

"당연하지! 내가 은공이니까! 저 무시무시한 산적들한테서 아저씨를 구해 줬잖아?"

무생은 산적들에게 한 차례 시선을 두었다가 피식 하고 웃었다. 소녀는 잠시 멍한 표정을 지었지만 재빨리 수습하고는 손을 내밀었다.

"그거만 주면 돼."

"무엇을 말이지?"

"그 소도."

소녀는 무생의 손에 들린 소도를 탐내고 있었다. 소도가 보통 물건이 아님을 알아본 탓이었다.

자세히 관찰한다면 이 세상에 존재할 수 없는 보물이라는 것을 알아차리겠지만 지금 소녀의 식견으로는 아주 값비싼 보도로만 보일 뿐이었다.

"도둑이었군."

무생이 소녀에게 시선을 두며 그렇게 말하자 소녀의 입가에 미소가 서렸다.

복면을 하고 있지만 무생에게 복면은 큰 장애가 되지 못했다. 제법 귀여운 얼굴이었지만 미소는 조금 사악하게 느껴졌다.

"무영신투의 둘뿐인 제자! 팽가연!"

"……응?"

"사형!"

소녀가 소년에게 눈치를 주자 소년은 헛기침을 하더니 살짝 손을 들었다.

"서, 서문천."

"그래서 무림인들을 우리를 무영쌍협이라 부르지!"

멋진 자세를 잡으며 말하는 팽가연을 담담한 눈으로 바라보던 무생은 그저 고개를 돌릴 뿐이었다. 그 모습에 열이

받은 팽가연이 품에서 비도를 꺼냈다.

"홍! 그렇다면 강제로라도 가져가겠어!"

"가연아! 그, 그건 강도짓인데⋯⋯."

"사부님도 소싯적에는 그렇게 돈을 모았다고 했잖아요?"

"그건 그렇지만⋯⋯."

무생은 팽가연이 비도를 빼 들자 팽가연을 자세히 바라보았다. 어디선가 보았던 비슷한 얼굴이 떠올랐지만 좀처럼 누구인지 생각이 나지 않았다.

'음⋯⋯.'

무생은 깊게 생각하다가 드디어 누구인지 알아차릴 수 있었다.

'그렇군. 팽하월이었던가?'

팽하월과 많이 닮은 모습이었다. 게다가 같은 성을 쓰니 아마도 그녀의 동생이거나 친척인 것 같았다.

간단히 상대하고 가려던 무생이 마음을 고친 것은 그 때문이었다.

어쨌든 인연이 있는 여인이었으니 생각 난 김에 팽가연을 관찰해 보기로 한 것이었다.

"가정교육을 형편없이 받았군. 대낮에 강도짓이라니."

"목숨 값으로는 당연한 거지!"

"목숨 값이라⋯⋯. 그렇군."

무생은 입가에 있던 웃음을 지우며 팽가연을 바라보았다.

팽가연은 무생의 바뀐 분위기에 움찔하면서도 빠르게 자세를 잡았다. 안색이 새파랗게 변한 서문천 역시 검에 천천히 손을 가져다 대었다.

"하, 한 실력 하는 모양인데 그만두는 게 좋을걸? 내 비도는 눈이 없거든!"

팽가연이 내력을 뿜어내며 그렇게 말했지만 무생은 전혀 흔들림이 없었다. 팽가연의 내공은 나이 또래에 비해서는 독보적인 것이지만 겨우 일류에 미칠 뿐이었다. 오히려 겁을 먹고 있는 서문천의 내공이 더 많았다.

무생이 살짝 움직이는 순간 팽가연이 들고 있던 비도를 무생에게 던졌다.

내기를 머금은 비도는 굉장히 빠른 속도로 뻗어왔다.

사혈을 노리지 않고 있었지만 충분히 위험한 공격이었다.

무영신투가 주로 펼쳤던 비도술은 수준이 상당히 높아 백도무림에서도 다섯 손가락 안에 쳐주었다.

무영비도술이라 불리는 무영신투의 주력 무공이었다.

무영신투의 제자라는 팽가연의 손에서 그럭저럭 완성도 있게 펼쳐졌다.

하지만 결과는 너무나 초라했다.

무생이 손을 뻗자 뻗어오던 비도가 너무나 간단히 무생의 손에 빨려들어 간 것이었다. 팽가연의 내력을 무시하며 허공섭물로 날아오는 비도를 잡는 것은 아무나 할 수 있는 묘기가 아니었다.

"허, 허억!"

팽가연이 경악에 빠졌다. 자신 있던 비도술이 깨진 것보다도 무생의 수법이 너무나 충격적이었다.

허공섭물을 펼친 것은 그렇다 치더라도 자신의 내력을 완전히 무시한 것은 처음 겪는 일이었기 때문이다.

무생은 손에 들린 비도를 잠시 바라보았다. 제법 괜찮은 수준의 비도였다.

팽가연의 눈이 크게 떠지는 순간 무생의 신형이 사라졌다.

휘익!

바람이 부는 것 같더니 무생이 어느새 팽가연의 앞에 서 있었다. 손에 들린 비도가 팽가연의 목 끝을 노리고 있었다.

"하, 한가락 하, 하는 모양이네."

팽가연은 그런 와중에서도 입꼬리를 올리며 무생을 바라보았다.

"사, 사매!"

서문천이 검을 뽑으며 무생에게 겨누었다.

무영신투는 검을 다루지 않았으나 서문천은 검을 쓰고 있었다.

물론 무생은 그런 사실을 알지 못했고 알 필요도 없을 것이다.

팽가연의 이마에서부터 코끝을 따라 땀이 흘러내렸다.

서문천 역시 식은땀을 흘리며 좀처럼 움직이지 못했다. 무생은 그런 분위기 속에서 태연하게 입을 떼었다.

"목숨 값."

"무, 무슨 말이야."

"목숨을 살려줄 테니 목숨 값을 내놔라."

무생의 말에 팽가연의 표정이 멍해졌다.

무생은 팽가연이 그러거나 말거나 팽가연과 서문천이 가지고 있는 물품들을 훑어보았다. 비도나 검은 눈에 들어오지 않았고 돈 역시 그러했다.

그러다 무생의 눈에 들어온 것이 있었다. 바로 서문천이 쓰고 있는 죽립이었다.

"앗!"

무생이 손가락을 까닥이자 죽립이 날아와 무생의 손에 들려졌다.

서문천이 당황하며 검을 떨어뜨릴 뻔했다. 드러난 서문천의 외모는 팽가연보다 아름다웠다.

남자임이 분명했지만 수려한 외모였고 겁에 질린 표정이 너무나 연약해 보였다.

"돌려주세요!"

서문천이 검을 다시 겨누며 말했지만 무생은 손에 들린 검은 죽립을 바라볼 뿐이었다.

"마음에 드는군."

무생이 들고 있던 팽가연의 비도를 서문천의 앞에 던졌다. 서문천은 신법을 전개하며 뒤로 물러났다. 의외로 깔끔한 신법이었다.

무생은 검은 죽립을 들어보다가 자연스럽게 머리에 썼다.

소년에게는 커 보였지만 무생이 쓰자 너무나 잘 어울려 팽가연과 서문천이 넋을 놓을 정도였다.

"도, 도둑놈! 도, 돌려줘!"

팽가연이 무생을 노려보며 말했지만 무생은 간단히 무시할 뿐이었다. 무생은 살짝 웃어 보이며 그대로 등을 돌렸다.

"하, 한가락 하는 모양인데 후회하게 될 거야!"

"사, 사매! 그만둬."

"잘생기면 단 줄 알아!! 도둑의 간을 뺏어먹는 도둑놈아!"

그런 소리를 들었음에도 무생의 걸음걸이는 제법 유쾌해 보였다.

第四章

소동은 늘 객잔에서

검은 죽립이 태양빛을 가려주었다. 무생은 모처럼 즐거운 기분이 되어 무적수라보를 전개하고 있었다.

팽가연과 서문천이 머리를 싸매고 무생의 흔적을 쫓고 있었지만 속도 차이가 워낙 많이 나서 당분간은 힘들어 보였다.

"제법 큰 도시로군."

무생은 황산 부근에 있는 도시, 이현으로 단숨에 들어왔다.

무적수라보로 단숨에 황산까지 갈 수 있었으나 부근에

들어선 시점부터 주위를 깊게 살필 필요성을 느꼈다.

누군가 미세한 혈기라도 일으키게 된다면 무생의 눈을 피할 수 없을 것이다.

개방과 하오문에서는 끊임없이 정보를 보내주고 있었다. 그리고 방금 전 황산의 분위기가 수상하다는 전갈을 받은 무생이었다.

남궁세가가 몰락한, 모든 일의 시작은 황산이었으니 분명 무언가 단서가 있을 것이라 여겼다.

'실종 사건이 있다고 했던가? 이곳에 혈마인이 있다면 합비와 비슷한 짓을 하고 있겠지.'

청월루주가 그러했듯 말이다.

무생은 거리를 걷다가 객잔으로 들어섰다. 순간 시선이 모였지만 금세 다시 흩어졌다.

죽립으로 가린 덕분에 무생의 외모가 드러나지 않은 탓이었다.

간단히 차를 시킨 무생은 객잔 구석에 앉아서 사람들을 바라보았다.

이현에서 가장 큰 객잔은 아니었지만 오가는 사람이 많아 보였다.

이 객잔은 음식도 음식이지만 주인의 딸이 아름답다는 소문이 나서 더더욱 유명했다. 무림인들이 상당했으나 무생의 이목을 끌지는 못했다.

"그때 염마지존이 엄청난 불길을 뿜어내서 혈마인들을 쓸어버렸다는 것이 아닌가!"

"혈교의 하수인인 모용준을 힘도 들이지 않고 처부줬다지?"

"혈마인으로 뒤숭숭한 시기에 참 무림의 홍복이야!"

무림인들은 주로 합비에서 있었던 일과 염마지존에 대해 이야기하고 있었다.

염마지존에 대해 찬양하는 말들이 대부분이었고 무생을 대단한 영웅으로 묘사하고 있었다.

무생은 그들이 자신의 말을 하고 있는데도 그다지 실감이 나지 않았다.

애초부터 신경을 쓰지 않고 있었고 자신이 그런 영웅이라고 생각하지도 않았기 때문이었다.

"염마지존이야말로 우리 기천문과 아주 굳건한 인연이 있지!"

"그렇고말고, 여봐라! 술을 대령해라!"

"저 대협, 외상값은 좀……."

"다음에 주도록 하지! 지금 외상값이 문제인가? 영웅호걸들이 굶주리고 있지 않는가!"

객잔 안은 굉장히 시끄러웠다. 아직 이른 시간이었지만

벌써부터 술에 취해 언성을 높이는 사람들이 있었다. 분위기를 흐리며 난리를 치는 자들은 기천문의 문도였다.

무생은 그들을 그다지 신경 쓰지 않았다. 별 볼 일 없는 시장잡배로 보였기 때문이었다.

"으흐흐! 술 좀 따라봐라!"

"이, 이러지 마세요!"

"어허! 기천문의 문도들을 이리 박대해도 되겠나!"

무생의 찻잔에 든 차가 식을 때쯤 본격적인 소란이 있었다. 술에 취한 기천문도들이 드디어 선을 넘은 것이다.

음탕한 미소는 백도무림인으로는 도저히 보이지 않았다.

무생은 고개를 들어 그들을 바라보았다.

어린 소녀의 팔을 잡고 히히덕거리고 있는 모습은 건달에 지나지 않았다.

차라리 저번에 만난 산적들이 나을 지경이었다. 적어도 그들은 선을 지킬 줄 알았고 나름 자기만의 기준과 가치를 지니고 있었다.

"뭘 쳐다봐!?"

"저…… 대협! 그만두시지요."

여기저기 시비를 걸기 시작하자 백발이 지긋한 객잔 주인이 몸소 나와 말리기 시작했다.

몸이 안 좋아 보였지만 사람 좋은 미소를 그리며 말리고 있는 것이다.

"어디서 명령질이야?"

와장창!

상을 완전히 엎어버려 주변이 엉망이 되었다. 무생은 아무 말 못하고 덜덜 떨고 있는 소녀와 신음을 흘리는 노인을 바라보았다.

찻잔이 싸늘하게 얼어갔다.

"우리 기천문은 염마지존을 도와 혈마인을 물리친 문파이다! 감사는 못할망정 이리 대우하다니!"

"여, 영웅호걸께서는 진정하시지요. 저희는 객잔이지 기루가 아닌……."

"시끄럽다!"

기천문의 행패에도 다른 사람들이 나서지 못하고 있었다. 오히려 슬슬 피하는 눈치였다.

이현에서 기천문은 유명했고 염마지존과 함께 혈마인에 맞서 싸웠다는 일화가 전해지고 있었기에 누구도 끼어들고 싶어 하지 않았다.

무생만이 자리에 앉아 얼어버린 찻잔을 바라볼 뿐이었다.

무생의 선천지기는 무생의 감정을 따라 그 형태가 변하기도 했다. 이 찻잔을 얼려 버린 것처럼 말이다.

어느새 객잔에는 무생과 기천문도들만 남아 있었다.

기천문도들은 다른 사람들과 달리 태연한 무생의 태도가 마음에 들지 않는 듯 그의 앞으로 다가왔다.

"호오, 한가락 하는 모양인데……."

무생에게 다가온 자는 덩치가 제법 컸다. 험악한 인상은 아니었지만 일류에 이른 무공을 지녔기에 일반인들로서는 막을 수가 없었다.

죽립을 건드리려는 순간 무생의 손이 순식간에 그자의 팔을 잡아챘다. 당황하며 팔을 빼려 했지만 고정되어 움직이지가 않았다.

"뭐, 뭐야!"

무생이 그자의 혈맥을 뒤지며 혹시나 있을 혈마기를 찾으려 할 때였다.

퍼억!

"억!!"

순식간에 모든 기천문의 문인들이 공중에 떠올랐다가 바닥에 떨어졌다. 무생이 잡고 있던 자 역시 마찬가지였다.

무생은 잠시 자신의 손을 바라보았다. 잡고 있던 것을 놓친 것은 이번이 처음이었기 때문이다.

"너희 같은 놈들에게는 매가 약이지."

부드러운 목소리가 들려왔다. 무생은 천천히 고개를 들

어 객잔 안으로 들어오는 사내를 바라보았다.

사내의 주변은 스스로 밝아지는 것같이 화사했다.

굉장한 미남자였다. 무생과 비교해도 떨어지지 않는 외모였다. 순백의 옷을 입고 있었는데 왜인지 따듯한 분위기가 흘렀다.

사내와 무생의 눈이 마주쳤다. 사내의 눈에서 살짝 이채가 서렸지만 금세 사라졌다.

'신기한 자로군.'

무생은 사내에게서 알 수 없는 느낌을 받았다. 어떤 장막 같은 것에 가려져 파악할 수 없는 느낌이었다.

무생은 사내를 꿰뚫어 보지 못했다. 그것이 무생의 흥미를 잡아끌었다.

신비한 분위기가 흘렀고 무생이 느낄 수 없는 무언가가 명백히 존재했다.

무생은 사내에게서 눈을 뗄 수가 없었다. 처음 보는 자임에도 어딘가 친숙함이 느껴지는 것 같았다. 다르지만 같은 동질감을 본능적으로 느꼈다.

"내가 괜한 참견을 한 것인지 모르겠군. 실례했소."

사내는 무생에게 그렇게 사과하고는 멍한 표정을 짓고 있는 소녀에게 다가갔다.

화들짝 놀라 쓰러져 있던 소녀를 일으켜 세워주었다. 사내의 환한 미소에 소녀의 얼굴이 붉어졌다.

"네, 네 이놈들! 기천문이 두렵지 않느냐!"

"우리는 염마지존과 같이 싸운……!"

쓰러졌던 기천문의 문도들이 벌떡 일어나며 흉흉한 기세를 뿜어냈다. 무생은 작게 숨을 내쉬고는 자리에서 일어났다.

"짜증나는군."

방해를 받는 것은 늘 기분이 나빴다. 지금의 무생은 그다지 자비로운 편이 아니었다.

"이것도 인연인데 술이나 한잔하겠소?"

사내가 묻자 무생은 잠시 생각하다가 고개를 끄덕였다. 무생은 사내에게서 시선을 뗀 다음 기천문의 문도들을 바라보았다.

"그전에 일단 치워야겠군."

무생의 목소리가 차갑게 울려 퍼졌다. 기천문의 문도들은 순간 잘못 건드렸다는 것을 깨달았지만 이미 되돌리기에는 늦었다.

"뭐, 뭐야! 억!"

무생이 손을 뻗어 기천문의 문도들 중 가장 덩치가 큰 자의 얼굴을 잡았다. 내공을 일으키며 빠져나가려 해봤지만 요지부동이었다.

사내는 그런 광경을 바라보다가 손을 휘저었다. 그러자 닫혀 있던 객잔의 문에 활짝 열렸다.

"억?!"

무생이 머리를 잡은 손을 가볍게 까딱이자 덩치가 하늘을 날더니 객잔 밖으로 날아가 버렸다.

거기서 그치지 않았다. 무생의 모습이 흐릿해지는가 싶더니 기천문의 문도들 사이를 가로질렀다.

퍼퍽!!

기천문의 문도들이 바람과 함께 떠올라 밖에 기절해 있는 자 위로 계속해서 겹쳐졌다.

반항조차 못하고 기절해 버린 것이다. 혈맥이 마비되어 당분간 내공을 운용하지 못할 것이다.

"괜찮겠소? 염마지존의 비호를 받고 있는 자들 같은데?"

"그쪽은?"

무생의 말에 사내는 시원한 미소를 지으며 고개를 저었다.

"신경 안 쓰오."

"나 역시."

사내는 무생의 말에 웃음을 터뜨렸다.

"역시 나와 술을 마실 자격이 되는군. 따라오시오. 내가 모시겠소."

"음."

·사내가 몸을 돌렸다. 무생은 사내의 등을 바라보다가 그를 뒤따랐다.

第五章

알 수 없는 자

무생록

사내가 안내한 곳은 이현 외곽에 있는 조용한 정자였다. 누가 준비한 것인지는 모르겠지만 정자에는 이미 백색의 아름다운 술병과 술잔이 놓여 있었다.

　무생은 신경 쓰지 않고 먼저 앉았다. 사내 역시 자연스럽게 무생과 마주보며 앉았다.

　정자의 앞에는 작은 호수가 펼쳐져 있었다. 그 뒤로 이현의 전경이 보였고 상당히 아름다운 곳이었다.

　"어렵게 구한 술이오."

　사내는 그렇게 말하며 술을 따랐다. 무생이 느끼기에도

나쁘지 않은 향이었다. 자신이 만든 것에 비하면 많이 손색이 있었지만 말이다.

사내는 만족한 듯 술잔을 바라보다가 먼저 입을 떼었다.

"마현천이라 하오."

"무생."

마현천은 무생이라는 이름을 들었음에도 그저 고개를 끄덕일 뿐이었다. 천하제일인이라 알려진 무생의 이름을 듣고 태연할 자가 몇이나 있을까?

아마 미리 알고 있었거나 아니면 무생이 어떤 자이든 상관없는 것, 그 둘 중에 하나일 것이다.

"이곳이 처음인 것 같소만?"

"과거에 온 적이 있긴 한 것 같군. 기억은 잘 안 나지만."

"그렇소? 나 역시 처음은 아니오. 이곳은 조용하고 사람의 왕래도 적어 자주 홀로 술을 마시곤 했소. 오늘은 무 형과 같은 분과 술잔을 기우니 마음이 흡족하오."

무생은 술을 들이켜고는 마현천을 바라보았다. 마현천은 진심으로 기분이 좋은 듯 사람 좋은 미소를 그리고 있었다.

"만난 지 얼마 되지 않았지만 무 대협이 형제처럼 느껴지오. 음! 이참에 내가 형님으로 모시겠습니다. 괜찮겠습니까?"

"맘대로."

무생은 마현천의 붙임성이 싫지는 않았다. 마현천은 무언가 초월한 듯한 분위기를 풍겼다. 좋은 사람 같기도 하고 아닌 것 같기도 했다.

또한 다른 사람에게는 느낄 수 없는 익숙함을 느꼈다. 때문에 그를 따라온 것인지도 모른다. 상황이 상황이니만큼 무시하는 게 옳았지만 알 수 없는 이끌림을 느꼈다.

무생은 마현천의 깊게 가라앉은 눈동자에서 얼마 전 자신의 모습을 발견했다. 단지 자신의 마음을 가라앉게 한 것은 허무함이었지만 마현천은 어떤 욕망의 감정인 것 같았다.

자신과는 완벽히 반대였다. 무생은 그것을 느꼈다. 마현천은 극히 위험한 자였다. 하지만 자신보다 위험하지 않을 수도 있었다.

"세상이 시시하다고 느껴진 적이 있으십니까?"

"가끔."

무생이 그렇게 말하자 마현천은 더욱 진한 미소를 그렸다. 무생의 대답이 마음에 든 듯 살짝 웃음을 내뱉다가 입을 떼었다.

"시시하면 재미있게 만들면 될 터."

"그런다고 해서 나아지는 것은 없어."

"허나 살아만 있으면 뭐든지 변화시킬 수 있습니다."

"내 자신은 변하지 않아."

무생은 차분한 눈으로 마현천을 바라보았다. 마현천의 가라앉았던 눈동자에서 무언가가 불길처럼 타올랐다. 지어진 미소에서 광기마저 느낄 수 있었다.

마현천의 눈은 무생과 달리 생기로 이글거렸다. 허무함만을 느끼고 있는 무생과는 너무나 대조적이었다.

"저는 오래 살 겁니다. 그래서 형님이 틀렸다는 것을 증명하도록 하지요."

"재미있는 소리를 하는군."

"재미있는 소리니까요."

흥이 식어버린 무생은 술잔을 내려놓고 자리에서 일어났다. 마현천 역시 그런 무생과 같이 자리에서 일어났다. 별로 긴 시간 대화를 나눈 것은 아니었지만 서로가 생각하는 바를 명확하게 알 수 있었다.

무생은 왠지 앞으로 마현천을 자주 보게 될 것이라는 생각이 들었다. 이런 예감은 절대 빗나간 적이 없었다. 그것이 좋은 인연일지 나쁜 인연일지 끝에 가봐야 알게 될 것이다.

무생과 마현천이 마주보았다. 귀공자를 보는 듯한 흰 옷을 입고 있는 마현천과 검은 무복을 입고 있는 무생은 같으면서도 근본은 다른 분위기를 풍겼다.

무생은 차가웠고 마현천은 따듯했다.

"그럼 가보도록 하지."

"다음에 또 볼 날이 오겠지요."

무생이 등을 돌리자 술을 따르는 소리가 다시 들렸다. 무생은 뒤돌아보지 않고 천천히 발을 옮겼다.

"기천문은 본래 황산에 있었습니다. 이현으로 옮긴 것은 얼마 되지 않았지요."

마현천의 목소리가 귓가에 들려왔다. 무생은 잠시 멈춰서고 고개를 돌려 정자를 바라보았다.

"알 수 없군."

마현천은 그곳에 없었다. 다만 빈 술잔만이 남겨져 있을 뿐이었다. 무생이 다시 고개를 돌렸을 때 술잔이 가루가 되어 사라졌다.

무생이 본 마현천은 하나부터 열까지 알 수 없는 자였다. 그렇기 때문에 싫지 않은 것인지도 모른다. 친숙함은 그런 점 때문에 나온 것일 수도 있다.

무생은 저물어가는 석양을 보면서 고개를 내저었다.

"기천문이라……."

마현천이 어째서 그런 사실을 알고 있고 무생에게 정보를 주었는지 지금은 중요하지 않았다. 중요한 것은 무언가 시작되고 있다는 점이었다.

그 시작이 자신과 닿아 있음을 깨닫는 데는 그리 오랜 시간이 걸리지 않았다.

*　　*　　*

이현으로 돌아온 무생은 기천문에 대해 알아보기로 마음을 정했다. 무생은 기억하지 못하겠지만 합비에서도 기천문의 문도가 있기는 했었다. 과거 남궁세가의 기세에 밀려 조용히 지내던 문파였지만 이현으로 본거지를 옮기고 나서부터 기세가 등등해진 정파였다.

명문이라 할 수는 없었지만 그래도 무림맹에서 어느 정도 대우는 받고 있었다. 무림맹이 껍데기만 남은 시점에서 염마지존에게 편승하여 세력을 누리려고 하고도 있었다.

기천문이 혈마인과 조금이라도 관계가 있다면 무생은 기천문을 아예 지워 버릴 작정이었다. 남궁소연의 소재를 찾는 것은 물론이고 말이다.

마현천이 마음에 걸리기는 하지만 무생은 그를 머릿속에서 지웠다. 그가 누구이든 간에 상관없었다. 어차피 혈교는 이 세상에서 처참하게 지워지게 될 것이다.

기천문을 찾는 것은 어렵지 않았다. 으스대는 무림인을 쫓아가면 그만이었고 생각보다 기천문은 이현에서 유명했다.

어디서 돈이 났는지 대규모 장원에 본거지를 꾸리고 있는 데다 기천문의 문도들은 상당히 잘 먹고 다녀 때깔이 좋았다. 때문에 기천문에서 문도를 모집할 때는 가난한 자들이 많이 몰릴 지경이었다.

무생이 차가운 표정으로 죽립을 고쳐 쓸 때였다.

"이놈들아!! 내 아들이 이곳에 들어간 걸 봤다니까!"

"이 할망구가 미쳤나! 여기가 어디라고 행패야?"

"내 아들 돌려내!! 어이쿠!"

무생의 앞에 노인이 튕겨져 나와 쓰러졌다. 문지기로 보이는 무인이 침을 뱉고는 문을 쾅 닫아버렸다. 내공까지 쓴 모양인지 노인은 좀처럼 일어나지 못했다.

"흐흐흑!"

무생은 흐느끼는 노인에게 다가가 선천지기를 살짝 주입했다. 그러자 노인이 힘겹게 고개를 들어 무생을 바라보았다.

"대, 대협! 저 좀 도와주세요. 흐흐흑."

노인은 무생의 바지 자락을 붙잡고 절박하게 말했다. 힘이 없음에도 너무 꽉 쥐어 온몸이 덜덜 떨리고 있었다. 무생은 기천문의 장원을 바라보다가 노인을 일으켜 세웠다.

"무슨 일이시오?"

해가 저물어가는 시점이라 공기가 많이 차가워졌다. 노인은 허름한 옷만을 걸치고 있어 굉장히 추워 보였다.

"아, 아들놈이 저기로 일하러 간 후 실종되었습니다. 흑흑. 높으신 분들은 신경도 쓰지 않고…… 아이고……."

"옆집 구삼이네도 그랬다는 소문이 파다하다우."

"팔려갔다는 소문도 있고……."

안쓰럽게 지켜보던 사람들이 한마디씩 거들었다. 무생은 실종이라는 말을 들은 순간부터 무언가 있음을 직감했다. 합비에서도 있던 일이었고 사람을 이용해 혈마인을 만든 흔적을 직접 보기까지 했으니 말이다.

백도무림 소속의 문파이기 때문에 의심 가는 일이 있더라도 일단 절차를 거쳐 정식으로 조사를 요청해야 했지만 무림맹조차 박살 낸 무생이 꺼릴 것은 없었다.

누군가를 잃는다는 기분은 분명 좋지 않은 것이었다. 무생은 그런 느낌을 두 번 다시는 겪고 싶지 않았다. 감정이라는 것은 살아 있다는 느낌을 주었지만 그만큼 감당해야 하는 짐을 짊어지게 했다. 다시 허무함으로 휩싸여 닳고 닳아질 때까지 얼마만큼의 세월이 걸릴지 무생조차 몰랐다. 지금은 지금의 감정에 충실하기로 했다.

"따듯한 소면이라도 드시오."

무생은 엽전 몇 닢을 꺼내 노인의 손에 쥐어주었다. 노인은 고개를 가로저으며 엽전을 받아 들지 않았다. 오히려 주머니에서 엽전을 꺼내 무생에게 쥐어주었다.

"부탁드립니다. 부디, 부디 제 아들을 찾아주세요. 흐흑, 무림인들에게 정식으로 의뢰하고 싶지만…… 가진 돈이 이것밖에……."

"어차피 기천문에 볼일이 있으니 필요치 않소."

무생은 엽전을 거절하며 다시 노인의 손에 쥐어주었다. 노인은 눈물을 흘리며 연신 고맙다는 소리를 했다. 그런 광경을 바라보며 눈시울을 붉히는 자들이 꽤나 많았다.

"기천문 사람들과는 안 엮이는 것이 좋을 겁니다요."

"안 됐기는 했지만 우리같이 힘없는 백성들은 어쩔 수 없지."

"우리도 몇 번 의뢰를 했지만 모두 돌아오지 않았다우."

그런 한탄들이 들려왔다. 사람들이 노인을 부축해 갔다. 무생은 그들의 작은 뒷모습을 바라보다가 화려한 장원으로 다시 시선을 옮겼다.

"잘됐군."

우연치 않은 도움 덕분에 빨리 찾은 감이 있었다. 혈기가 느껴지지 않았지만 무생은 이곳에 혈교와 관련된 무언가가 존재함을 직감했다.

어둠이 내려앉은 시점, 무생은 기천문의 거대한 장원의 앞에 섰다. 무생이 문 자체를 날려 버리려 주먹을 천천히 말아 줄 때였다.

"이봐! 아저씨!"

"조용! 목소리가 너무 크다고!"

무생이 주먹을 뻗으려는 순간 옆에 있는 나무 위에서 목소리가 들려왔다.

"찾는 데 엄청 힘들었다고! 고수면 다야? 다냐고! 같은 선수끼리 너무하는 거 아냐?"

"저, 저기 사매!"

나무 위에 있는 것은 팽가연이었다. 무생은 왜인지 머리가 아파 오는 것을 느꼈다.

"너희였군."

무생이 그들을 바라보며 말하자 팽가연이 나무에서 뛰어내렸다. 무생은 이대로 무시하고 기천문을 박살 낼까 고민하다가 우선 저들의 말을 들어보기로 했다.

팽가연이 무생 앞에 서자 한숨을 내쉬던 서문천 역시 나무에서 내려왔다. 무생의 큰 키 덕분에 그들은 무생을 올려다 볼 수밖에 없었다. 그만큼 아직은 어린아이들이었다.

"흥! 기천문에 있다는 보물을 탐내고 온 거겠지?"

"보물?"

무생이 의문을 표하자 팽가연이 무생을 올려다보았다. 죽립 아래로 드러난 외모를 보자 눈빛이 흔들렸지만 그것을 애써 감추고 태연하게 입을 떼었다.

"같은 선수끼리 왜 그러서. 실종도 실종이지만 뭔가 어마어마한 무언가를 가지고 있어서 이런 비싼 장원에서 뒹굴거리는 거 아니겠어?"

"저기 사매, 부, 분명 사과하고 죽립만 받아오겠다고."

"무영신투의 제자로서 그냥 넘어갈 수는 없지! 자존심 상한다구!"

무생은 그들의 대화를 듣고 있다가 고개를 끄덕였다. 무생은 저들이 혈교의 존재를 모르고 있다고 생각했다. 기천문이 단시간 안에 빠른 성장을 보일 수 있던 것은 아마 혈교가 도움을 주어서일 것이고, 지금 역시 무언가를 하며 지원을 받고 있을 터였다. 아직 혈교와 관계가 있다는 증거를 찾아내지는 못했지만 실종 사건이 얽혀 있으니 분명 관련이 있었다.

보물이라는 것이 있다면 아마도 혈마인 정도일 것이다.

"너희가 원하는 보물은 없을 것이다. 돌아가거라."

"아저씨가 뭔데 이래라저래라야? 보물을 혼자 독차지하려고 그러는 거지?"

무생은 당돌하게 자신을 노려보며 말하는 팽가연의 모습

에 작게 웃음을 흘렸다.

기분이 나쁘기보다는 상당히 귀여워 보이는 모습이었다. 무생을 기분 나쁘게 만들기 위해서는 이 정도로는 어림없었다.

"그래서 어쩔 생각이지?"

"흥, 들어가서 살펴본 다음 가져와야지. 아쉬우면 죽립을 주든가. 우리는 돌아가고 아저씨는 보물을 얻고. 서로 서로 좋게 가자고."

"이걸 달라?"

무생은 죽립의 끝을 매만졌다. 그냥 쥐서 돌려보내는 방법도 있겠지만 그런 사람 좋은 일을 하기는 싫었다. 팽가연이 귀엽기는 했으나 그것뿐이었다.

"서로 좋은 일은 없을 것 같군. 맘대로 해보거라."

무생이 그렇게 말하며 물러나자 팽가연은 고개를 설레설레 내저었다.

"보물을 뺏기고 후회하지나 마!"

보물이 있을 거라고 생각하지 않았지만 만약에 존재한다고 해도 무림의 보물은 무생에게 그저 쓰레기일 뿐이었다. 무생이 단시간 안에 만들어내는 것보다 훨씬 못한 그런 쓰레기 말이다.

무생이 유일하게 욕심을 부리는 것은 흥미로운 것이었

다. 그것은 감정을 회복한 지금의 무생 또한 탐내는 것이었다.

그는 검은 죽립이 마음에 들어 주고 싶은 마음이 없었다. 팽가연이 정중하게 사과를 하고 잘못을 빈다면 모를까 지금으로서는 그랬다.

"쪼잔해."

뒤로 물러나 나무에 벽을 기대고 있는 무생에게 팽가연이 그렇게 말했다. 무생의 죽립 밑에 드러난 부드러운 미소가 마음을 빼앗았지만 팽가연은 어깨를 으쓱하며 무시할 뿐이었다.

'보물이라······.'

무생은 신법을 전개하며 장원으로 들어가는 아이들을 바라보다 자신에게 있어서 가장 귀한 보물이 무엇인지 생각해 보았다. 물질적인 것은 전혀 귀하지 않았다.

무생은 무금성의 여러 사람들과 남궁소연, 그리고 득도촌의 노인들이 떠오르자 고개를 끄덕였다. 그들은 언젠가 사라질, 자신의 곁을 스쳐 지나갈 사람들이었다. 그렇기에 값진 것인지 모른다. 가까운 미래에 사라질 것을 알고 있으니 소중함에 가까운 것일지도 모른다.

"내게도 남는 것이 있을까."

무생은 씁쓸한 말을 내뱉고는 높은 담벼락을 바라보았

다. 화려한 정원이 곧 아름답게 사라질 것이 눈앞에 선했다. 어느 누가 막아서도 그것만은 변하지 않는 사실이었다.

"그럼 보물찾기를 해봐야겠군."

무생의 신형이 흐릿해지더니 순식간에 그 자리에서 사라졌다. 마치 분신을 남기는 것처럼 잔상이 남아 있었지만 무생은 장원 안으로 들어온 지 오래였다. 무적수라보는 더욱 완벽해져 모든 것을 포함할 수 있는 신법이 되었다. 지금은 어떤 신법보다 은밀했다.

'음, 제법 괜찮은 곳이야.'

장원은 무척이나 화려했다. 무금성보다는 아니지만 그래도 이현에서는 제일 좋은 장원이었다. 좋은 목재를 쓰고 훌륭한 장인들이 만든 흔적이 곳곳에 스며들어 있었다.

재미있는 점은 백도무림의 문파 소속임에도 불구하고 여인들의 웃음소리와 사내들의 음탕한 목소리가 끊임없다는 점이었다. 어쩌면 저 모습이 모용준 그리고 모용천의 모습과 가장 닮았는지도 모른다.

'짧은 생, 즐겁게 살면 되는 것이지.'

무생은 그렇게 생각했다. 무생의 앞에서는 하루살이와 다름없었다. 금방 태어나 어느새 늙어 죽는 것이다.

'하지만 날 방해했으니 짧은 삶이 오늘로 끝나겠군.'

남들이 어떻게 살든 상관없는 일이었다. 길어 봤자 백 년을 살지 못하는 사람들이 욕망을 분출하고 무슨 짓을 저지르든, 그것은 어차피 스쳐 지나가 사라지는 부질없는 것이었다. 그들이 품었던 모든 것은 한낱 허상에 지나지 않았다. 하지만 영원을 사는 무생을 방해했다는 것은 모두 박살나도 할 말이 없는 짓이었다.

무생이 그렇게 지붕 위에서 달빛을 받은 장원의 화려한 전경을 내려다보는 순간 갑자기 웃음소리가 멈추었다.

음악소리가 끊기더니 곧바로 무언가 부서지는 소리가 들려왔다.

"웬 놈이냐!"

"감히 여기가 어디라고!"

무생의 기척을 잡아내서 소란을 피우는 것이었다면 무생은 나름 흡족하게 생각했을지도 몰랐다. 허나 건물 밖으로 쏟아져 나오는 기천문의 문도들은 어느 하나 무생을 감지해 내지 못했다.

적어도 화산파나 무당파 같은 경우에는 하나둘 정도는 자신의 기척을 느꼈을 것이다. 저들에게 그 정도 기대를 품는 것 자체가 사치였다.

무생은 지붕 위에서 저들이 하는 일을 지켜보았다.

'들킨 모양이군.'

어디서 들고 나왔는지 무언가 들고 있는 팽가연과 검을 뽑고 있는 서문천을 포위한 것은 역시 기천문도들이었다. 소녀가 들고 있는 것은 어떤 비급과도 같아 보였다.

기천문의 비급이라면 무림에서는 보물 취급을 받기는 조금 힘든 실정이었다. 무생은 그러한 사실을 몰랐지만 저 비급이 팽가연이 탐내는 보물이라고는 생각하지 않았다.

무언가 충격을 받은 팽가연의 모습에서 무생은 심상치 않음을 느꼈다.

'무언가 있긴 있는 모양이야.'

아예 주변을 전부 봉쇄하고 팽가연과 서문천이 도망갈까 노심초사하고 있는 기천문도들이 보이니 무생의 그 생각이 점차 확신으로 변했다.

'지켜볼 만하겠군.'

흥미롭게 돌아가는 상황에 무생은 차라도 한잔하며 지켜보고 싶은 마음이 되었다. 마침 무생이 있는 건물 밑으로 차려진 술상이 있어, 손을 튕기자 술병이 술잔과 함께 빨려 들어 왔다.

시야에 닿지 않는 물건에 허공섭물의 수법을 사용한다는 것 자체가 무생이 선천지기를 완벽하게 다룰 수 있음을 알려주었다.

"흐흐, 제법 쓸 만한 것들이 제 발로 기어들어 왔구나! 왕야께서 기뻐하실 것이다!"

"도, 도대체 무슨 음모를 꾸미고 있는 거죠? 이 악적들!"

팽가연의 날카로운 외침에도 무생은 술잔에 술을 따를 뿐이었다.

"음모? 무슨 말인지 모르겠군. 흐흐흐."

"발뺌할 생각 하지 말아요!"

팽가연은 비급을 들어 보였다. 서문천은 겁에 질렸으면서도 팽가연의 앞을 막아서며 검을 치켜들었다.

"혈마존의 비급을 어째서 기천문이!!"

혈마존이라는 이름이 언급되는 순간 무생이 들이키던 술잔에 금이 갔다. 동시에 무생의 입꼬리가 아름다운 호선을 그렸다. 예상대로 그 증거가 확실히 나타나게 되자 무생은 이들을 모두 없앨 이유가 충분하다고 생각했다.

모두 끔찍한 고통 속에서 죽어갈 것이다. 무생은 그들에게 그러한 지옥을 선사해 주리라 마음먹었다. 자신을 방해한 녀석들과 관련이 있다는 것은 무생의 분노를 받아들여야 한다는 말이었다.

"너희가 대천지주님의 큰 뜻을 어찌 알겠느냐! 용기는 칭찬해 주마. 허나 얌전하게 대업의 희생물이 되어라."

기천문의 문도들 중 직급이 높아 보이는 노인이 그렇게 말했다. 아랫도리를 제대로 가리지 않은, 그야말로 노망난 모습이었지만 절정 고수라 불려도 충분할 내공을 지니고 있었다.

'지켜봐야겠군. 어떤 식으로 일을 처리하는지 말이야.'

무생은 당장 선천지기를 개방해 장원을 지우고 싶었지만 일단 조금 참기로 했다.

사람을 이용해 혈마인을 만드는 것은 알고 있었지만 자세한 내막은 몰랐다. 어떤 식으로 납치한 자들을 이용해 혈마인을 만드는지 궁금했고 어떤 의도가 숨어 있는지 궁금했다. 게다가 남궁소연이 있는 곳을 이들이 알 수도 있었다.

"어린 것이 제법 미색이 뛰어나군. 으흐흐."

노인이 헛바닥으로 입술을 핥으며 그렇게 말했다. 주변을 가득 메운 기천문의 문도들과 절정 고수로 보이는 노인을 저 팽가연과 서문천이 당해낼 수 없을 것은 당연했다. 무생도 그 사실을 잘 알고 있었다.

그러나 무생은 아직 구해줄 생각이 없었다.

"제압해라."

노인의 명이 떨어지자 기천문도들이 달려들었다. 팽가연과 서문천은 그 연령 치고는 출중한 기량을 지니고 있었으나 일류에 미치지는 못했다. 신법만큼은 절정이라 불려도 손색이 없었지만 말이다.

'무모하군.'

별 반항조차 못하고 혈을 짚이는 그들을 보며 무생은 그렇게 생각했다. 노인은 소녀를 보며 입맛을 다시다가 입을 떼었다.

"나는 혈마소에 가 있도록 하지. 여자는 고독을 먹여서 데려오고 남자는 죽이도록."

팽가연이 몸을 흠칫 떨며 반항하려 했지만 내력이 모조리 봉쇄당해 변변한 반항조차 할 수 없었다. 노인이 절정에 이른 신법으로 시야에서 사라지는 순간 기천문도들이 팽가연을 음탕한 시선으로 바라보다가 수레에 넣고 천으로 덮었다.

"으으읍!!"

"조용히 해라! 금방 극락을 맛보게 될 테니. 흐흐흐!"

팽가연이 수레 안에서 무엇을 발견한 듯 비명을 지르려 했지만 목소리가 잘 나오지 않는 모양이었다. 무생은 노인이 사라지고 건장한 체격의 기천문도가 수레를 끌고 어디론가 가는 것까지 보았다.

그들의 기척을 잘 기억해 두었다. 무생이 그들을 놓치는 일은 절대 없을 것이다.

"안타깝지만 기천노야께서는 남자아이를 싫어하시니 말이야. 근데 제법 미색이 있군."

"아깝기는 한데 뭐, 묻어주긴 할 거니 걱정 마라."

기천문도들은 싸늘한 눈으로 바라보다가 검을 뽑고 서문천의 목에 겨누었다. 서문천의 볼을 따라 눈물이 흘러나왔다. 스스로 약한 것에 대한 분함과 한심함에서 나온 눈물이었다. 막 서문천의 몸과 머리가 분리될 순간이었다.

"안타깝군. 나는 묻어줄 생각이 없는데 말이야."

흠칫!

갑자기 들려오는 음성에 검을 든 기천문도의 몸이 흠칫 떨렸다. 주변을 메우고 있던 수많은 기천문도 역시 마찬가지였다. 전혀 기척을 느끼지 못했는데 너무나 태연하게 뒤에 서 있었기 때문이었다.

"천천히 태워죽일 생각이거든."

무생은 입가에 작은 미소마저 띠우며 그들을 바라보았다. 달빛을 받으며 드러난 무생의 모습은 환상적이었다. 죽립으로 가리고 있기는 하지만 모두를 가릴 수는 없었다. 무생의 자태는 가히 환상적이었다.

"고, 고인께서는 누, 누구시길래……."

무생이 손을 뻗으며 주먹을 쥐자 검을 쥐고 있던 기천문도가 피를 뿜으며 바닥에 쓰러졌다. 그리고는 괴로움에 몸부림치기 시작했다. 무생의 선천지기가 그의 전신을 갉아먹으며 끊임없는 고통을 부여해 준 것이었다.

"금방 끝내도록 하지."

무생은 이들이 그리 많은 것을 알고 있다고 생각하지 않았다. 빠르게 정리하고 노인을 뒤쫓는 편이 정답일 것이다.

"끄아아악!"

끔찍한 비명을 지르며 하나가 절명하였다. 순식간에 싸늘한 시체로 변하자 기천문도는 검을 뽑으며 주춤거렸다.

주변을 가득 메울 정도로 많은 숫자이기는 하지만 천무형 당시 이보다 배는 많은 무인들을 농락했던 무생이었다. 숫자는 몇이든 상관없었다. 오히려 많이 있는 편이 치우기 편했다. 한 번에 쓸어버리면 되니 말이다.

죽립 밑으로 살짝 드러난 무생의 차가운 안광을 본 서문천의 눈이 멍하게 변했다. 무생은 서문천을 바라보다가 천천히 죽립을 벗었다.

"소중한 죽립인가 보군."

"사, 사매가 서툰 손재주로 만들어준……."

서문천의 말에 무생은 피식 하고 웃었다. 그 성격이 더러운 팽가연이 죽립을 만드는 모습이 상상되었기 때문이었다.

"금방 끝날 것이다. 쉬고 있어라."

무생은 죽립을 서문천의 머리 위에 누르며 씌우고는 기천문도들에게로 시선을 옮겼다. 기천문도들은 숫자가 훨씬 많은 자신들이 어째서 덤비지 못하고 몸이 굳어 있는지 이해를 하지 못했다.

무생은 천천히 입을 떼었다. 그 모습조차 너무나 아름다워 기천문도들은 단지 멍하니 바라볼 뿐이었다.

"누구 하나 살아서 나갈 수 없어."

무생의 내뱉은 차가운 말은 기천문도의 운명이었다.

"우, 웃기는 소리!!"

"네, 네놈이 아무리 고수라도 기천문을 모두 상대할 수는 없을 것이다!"

발악적인 외침에 무생은 그저 더욱 진한 미소를 그릴 뿐이었다. 너무나 자주 듣는 말이었기 때문이다.

"그런 말을 하는 놈들이 꽤나 많았지."

늘 결과는 같았다. 무생 앞을 막아선 집단들은 모두 시시할 뿐이었다. 차라리 무림맹이나 구파일방보다 모용천에게 더 높은 점수를 주고 싶은 무생이었다.

일단 자신을 분노시키는 데 성공했고 지금도 성가시게 하고 있으니 말이다. 적이라고는 생각하고 있지 않지만 치워야 할 대상 정도로는 생각 중인 무생이었다.

"주, 죽여 버려!"

그 외침이 기폭제가 되었다. 기천문도 전원이 무생을 향해 전신내력을 끌어 올리며 달려들었다. 일반 문도뿐만 아니라 장로급 인물들도 껴 있었지만 무생에게는 모두 똑같은 삼류잡배로 보일 뿐이었다. 천하삼절 모용준도 그러했으니 이들이 인정받을 수 있는 방법은 없었다.

마혈이 짚여 움직이지 못하는 서문천은 달려드는 기천문도들을 보며 절망에 빠져 들었다. 눈앞에 있는 남자가 고수이기는 하지만 저들 모두를 상대할 수 있을 거라고는 생각하지 않았다. 물론 그런 생각이 부정당하기까지 시간이 오래 걸리지는 않았다.

콰앙!

무생이 진각을 밟았다. 단순한 동작이었지만 그 결과는 너무나 엄청났다.

콰가가가가가!!

바닥이 물결치다가 충격을 모두 흡수하지 못하고 하늘로 비상했다. 그와 동시에 퍼져 나간 막대한 기운이 달려들던 기천문도들을 모조리 공중에 띄워 버렸다.

무생의 눈에는 그 모든 것들이 너무나 느릿하게만 보였다. 무생은 그들과 전혀 다른 시간대에 사는 사람이었다.

무생의 손이 천천히 올라가며 드디어 자세를 잡았다. 떠올라 있는 기천문도들이 바닥에 착지하기 전이었다.

휘이이!

선천지기가 개방된다. 잠들어 거대한 기운이 뿜어져 나

오기 시작한 것이다.

무생록(無生錄) 이식(二式).

무생은 순식간에 이 단계 정도의 선천지기를 개방했다. 이 단계의 전력을 다하는 것은 아니었지만 이 정도만으로도 넓은 장원을 송두리째 날려 버릴 위력을 가지고 있었다.

염마멸존(炎魔滅存).

그들이 느끼기에는 무언가 흔들림이 있었을 뿐이었다. 공중에 떠 있는 아주 잠시간 잠깐의 흔들림만을 느꼈던 것이다.

하지만 그들의 시야에 들어온 것은 반전하는 시야와 떨어져 내리는 자신의 몸이었다. 몸이 바닥에 닿기 전에 전부 불타 사라졌다.

너무 순식간에 당해 버려 죽어가는 순간에도 그들의 의식은 온전했다. 그 고통 역시 마찬가지였다. 마치 혼백이 지옥구덩이에서 타오르는 듯한 고통이었다. 허나 비명 한 번 지를 수 없었다. 그들의 몸은 이미 타버려 제 기능을 상실했기 때문이다.

무생에게서 뿜어져 나간 염강기가 장원을 휘감았다. 염
강기는 무생의 의지 없이 절대 꺼지지 않았다. 물속에서 발
현된다면 물이 전부 증발할 것이었고 바다 역시 언젠가는
마르게 할 수 있을 것이다.

그것은 마치 태양과도 같았다.

무생은 사라져 가는 기천문도들을 무덤덤한 표정으로 바
라보았다. 단 한 초식으로 달려드는 모든 기천문도의 존재
를 지워 버렸다. 공간 자체를 태워 버린 듯 말이다.

그런 압도적인 무위를 선보였음에도 무생은 호흡 하나
흩어지지 않았다.

남아 있는 기천문도들은 무생이 도저히 인간으로 보이지
않았다. 무생이 별다른 힘을 들이지 않았다는 것이 남아 있
는 자들에게 공포로 다가왔다.

"이, 이럴 수는 없소! 여, 염마지존이 가, 가만두지 않을
것이오!"

"우, 우리는 염마지존과 함께 싸운……."

"서, 설마……?!"

남아 있는 기천문도들이 염마지존의 이름을 거론하다가
막강한 염강기를 내뿜는 무생을 보며 무언가 깨달은 듯했
다. 이러한 강기를 쓸 수 있는 자는 단 한 존재밖에 없었기
때문이다.

"처, 천하제일인……."

"염마지존 무생!!"

그제야 사태 파악을 한 기천문도들은 몸을 덜덜 떨기 시작했다. 무림맹도 박살 낸 전설적인 인물이었다. 기천문쯤은 어렵지 않게 멸문시킬 수 있을 거라는 생각이 온몸을 휘감은 것이다.

안타깝게도 무생은 그렇게 할 작정이었다. 기천문의 존재 자체를 모두 없애 버리고 그와 관련된 모든 것 역시 쓸어버릴 작정이었다.

"어, 어찌 저희 기천문을 핍박하시는……."

"혈마인, 혈마존, 혈교."

"허, 허억!"

무생의 말에 기천문의 장로급 고수가 헛바람을 삼켰다. 혈마인을 모조리 박살 낸 염마지존의 일화는 지금 무림에서 너무나 유명했다. 그런 염마지존이 기천문이 혈교와 관계있음을 알고 있자 더 이상 빠져나갈 구멍이 없었다.

그들에게 절망과 두려움이 엄습해 왔다.

"도, 도망쳐라!"

"으, 으아아아악!"

일류 고수이든 일개 문도든 두려운 얼굴로 도망치기 시작했다. 염마지존이라는 것을 깨달은 순간 모두 등을 보이고 도망가고 있는 것이다.

무생은 그들을 가만히 바라보고 있었다. 그들이 자신의 손아귀에서 벗어날 수 없다는 것을 알고 있었기 때문이다. 이미 이 장원은 그의 공간이었다. 그의 막대한 선천지기가 감싸고 있는 공간인 것이다.

무생록 이 단계를 개방했을 때부터 장원은 무생이 모두 장악하고 있었다.

"허, 허억!"

"몸이 움직이지 않아!"

경공술에 전신내력을 쏟아부어 도망치던 기천문도의 몸이 갑작스럽게 멈춰 섰다. 마치 거대한 거미줄에라도 걸린 것 같았다.

무생은 발버둥 칠수록 꼼짝하지 못하는 기천문도들을 차가운 눈으로 바라보았다.

"고통스럽고 끔찍할 것이다."

무생이 그렇게 선언했다. 그 선언을 한 순간 무생의 선천지기가 다시 한 번 요동쳤다.

염옥강림(炎獄降臨) 지옥지주(地獄蜘蛛).

그들의 몸을 묶고 있던 무형의 기운이 염강기로 변해 타오르기 시작했다. 찬란한 황금빛 불꽃이 일렁였다.

"끄, 끄아악!"

"사, 살려줘!"

무생의 선천지기는 그들에게 끊임없는 고통을 부여해 주었다. 정신이 올바른 자라면 편안하게 죽을 수 있었을 테지만 그들은 모두 그렇지 못했다. 몸 안에 쌓여 있는 탁기는 그들을 지옥으로 몰고 갔다.

이승에서는 느낄 수 없는 고통이 그들의 정신을 미치게 만들었다. 무생은 타오르는 그들을 바라보다가 그저 시선을 돌릴 뿐이었다.

서문천은 멍하니 무생을 올려다보았다. 방금 겪은 위기보다 동경의 대상인 염마지존이 눈앞에 있다는 현실에 정신이 멍해진 것이다.

"여, 염마지존……."

무생이 서문천을 바라보는 순간 모든 불길이 사라졌다. 남아 있는 갓은 무생과 서문천이 전부였다. 화려했던 장원은 풀조차 남기지 않고 지워졌고 그 안에 있던 것들도 그러했다. 기녀들만이 덜덜 떨며 공포에 질려 있을 뿐이었다. 기녀들은 무슨 일이 일어났는지 이해하지 못하고 있었다.

"슬슬 따라가야겠군."

"무슨……."

"미끼를 던져 놨으니 고기를 잡으러 가야겠지."

"아! 사매!"

무생이 몸을 돌리자 순식간에 모습이 사라졌다. 서문천은 당황하며 무생을 쫓았다. 무영신투의 경공술을 이어받은 서문천의 경공은 굉장히 출중했지만 무생을 결코 따라잡을 수 없었다. 간신히 무생이 남긴 잔상만을 보며 쫓을 뿐이었다.

무생은 거의 하늘을 날다시피 나아가고 있었다. 떨어지는 나뭇잎을 밟고 빠르게 도약하여 빛살처럼 나아갔다. 광노조차 이런 신위를 보일 수는 없을 것이다.

*   *   *

"찾았다."

무생은 얇은 나뭇가지 위에 멈춰 섰다. 코끝을 스치는 혈향은 무생에게 섬뜩한 미소를 짓게 만들었다.

"허억…… 허억!"

태연하게 서 있는 무생의 뒤에는 금방이라도 폐가 끊길 듯 거칠게 숨을 내뱉는 서문천이 있었다. 원래라면 결코 따라올 수 없는 속도였지만 그가 쫓아올 수 있게끔 무생이 속도를 조절해 준 것이다.

"제법이군."

"과, 과찬이십…… 우웩!"

서문천이 헐떡거리다 토를 하자 무생은 고개를 설레 저었다.

"아무래도 진짜 보물은 저기에 있는 모양이야."

무생이 바라본 곳에 있는 것은 촌락이었다. 기천문의 뒤로 나 있는 산길로 가다 보면 굉장히 우거진 숲이 나오는데 그곳에 비밀스럽게 만들어진 촌락이었다. 평범한 촌락으로 그럴듯한 위장을 하고 있었지만 감출 수 없는 혈향을 무생은 느낄 수 있었다.

"사, 사매가 위험해요!"

"너는 아무것도 못해."

"하지만!! 여, 염마지존이시잖아요! 절 강하게 만들어주세요! 사, 사매를 구해야 해요!"

서문천은 무척이나 간절한 말로 무생에게 매달렸다. 무생은 서문천이 쓰고 있는 죽립의 끝을 손가락으로 툭툭 쳤다.

"너는 겁쟁이에다가 약해. 네가 할 수 있는 것은 아무것도 없어."

무생의 냉정한 말이 서문천의 가슴을 후벼 팠다.

그것은 사실이었다. 자신은 약한 데다가 겁쟁이였다. 사형답지 않은 사형이었다. 약이 바짝 올라 기천문을 털기로 작정한 팽가연을 말렸어야 했다. 사형으로서 그래야 했지만 변변치 않은 성격 때문에 아무 말도 못했다. 서문천은 이 모든 사태가 자신의 책임이라 생각했다.

"지금 당장은 네가 할 수 있는 것을 찾아라. 강해지는 것은 언제든 할 수 있어."

무생의 말에 검을 꽉 쥐는 소년이었다. 무생은 그런 소년을 바라보다가 인기척이 느껴지는 곳으로 몸을 날렸다.

第六章

혈옥

무생록

무생은 무적수라보를 펼치며 빠르게 나아갔다.

지금은 보름달이 뜬 밤이었다. 전혀 휴식을 취하지 않은 무생이었지만 지칠 이유가 존재하지 않았다. 먹거나 마시지 않아도 무생은 늘 최상의 몸 상태였다.

때문에 그가 펼치는 무적수라보의 위력은 절대 줄어드는 일이 없었다. 광노와의 일전을 치르기 전이라면 나무나 바위, 그리고 땅들이 모두 갈려 버렸겠지만 지금은 바람이 지나가는 것처럼 고요했다. 다만 부딪혀 오는 나뭇잎이 순식간에 사라지는 모습만 보여줄 뿐이었다. 하지만 밟았던 풀

잎들은 오히려 더욱 생생하게 자라났다.

광노 덕분에 무생록 삼 단계로 가는 길을 느낀 것인지도 모른다. 그렇기에 무생은 절망감에서 조그마한 희망의 마음을 가질 수가 있었다.

무생의 마음은 작게 일렁였지만 고요했고 새로운 감각을 일깨워 주었다.

"나쁘지 않군."

무생은 스쳐가는 모든 것들을 느끼며 그렇게 말했다. 멀찍이서 서문천이 따라오고 있는 것도 생생하게 느껴졌다. 서문천의 걱정하는 마음이 무생에게 전해지는 듯했다. 무생록의 삼 단계에 대한 갈피를 잡은 덕분인지 상대의 마음이 느껴졌다.

'걱정인가.'

무생은 남궁소연에 대한 걱정은 있었지만 침착했다. 남궁소연이 어떻게 되었다면 걱정은 소용없는 것이었고 무생은 혈교가 자신을 압박하기 위해서라도 남궁소연을 살려놓을 것이라 생각했다.

'나를 알게 되었으니 그러하겠지.'

전 무림에 염마지존을 모르는 이는 없을 것이다. 정파와 사파를 막론하고 모두에게 존경을 받는 이는 염마지존이 유일했다.

고금제일인, 천하제일인 염마지존 무생.

벌써부터 그런 수식어가 따라다녔으니 어느 누가 무생을 모를 수 있겠는가.

무생은 혈교라는 집단이 자신을 경계하고 있음을 알고 있었다. 나타난 혈마인들을 모조리 때려죽이고 아무런 피해도 입지 않았으니 당연할 것이다. 게다가 무력 역시 무림맹 전체와 싸워도 간단히 이길 만하니 혈교 최대의 적은 무림이 아니라 바로 무생이었다.

무생은 자신을 드러내지 않는 법을 알고 있었다. 무생록을 만들 때부터 무생은 선천지기를 완벽히 의지대로 사용할 수 있게 되었다.

무생은 흔적을 따라 끊임없이 나아갔다. 마치 어둠 속에 내려치는 번개와도 같은 모습이었다.

"역시 예상대로군."

무생이 멈춘 것은 미세한 혈향이 났기 때문이다. 그것은 후각을 뛰어넘는, 오감을 상회하는 어떠한 느낌이었다.

무생의 눈에 촌락은 무척이나 평범해 보였다.

그냥 어디에나 있을 법한 조금 큰 크기의 촌락일 뿐이었다. 다만 많은 인원이 오갈 수 있는 숲길이 있었고 모두가 마을을 향하고 있었다. 그리 많은 유동 인원이 있어 보이는 마을은 절대 아니었다.

'팽가연을 실은 수레는 이미 들어갔군.'

이현과 거의 바로 붙어 있었기에 무생이 막 도착했을 때는 이미 촌락 안으로 들어간 직후였다.

그렇게 생각할 때 숲에서 인기척이 느껴졌다.

하얀 천을 둘러쓴 복장을 하고 있는 기이한 자들이었다. 모두 두꺼운 천이 덮인 커다란 수레를 끌고 있었다. 무공을 익힌 것이 분명한 것이, 수레의 무게가 상당해 보임에도 너무나 가볍게 끌고 있었다.

'많군.'

이현에서뿐만 아니라 여러 곳에서 수레를 보내온 모양이었다.

"오늘은 제법 많군."

"과감히 계획을 진행하라는 명이 있었으니 말이야."

"돈 때문에 하는 짓이지만 여전히 못 해먹겠어. 빨리 벌 만큼 벌고 때려 치든가 해야지."

"이 사람아! 누가 들으면 어쩌려고!"

무생은 조용히 그들이 하는 말을 들었다. 천으로 덮인 수레에서 무언가 꿈틀거리는 것이 보인 순간 그것이 단순한 짐이 아니라는 것을 간파했다.

'역시 사람이로군.'

기천문에서 했던 것처럼 수레에 사람을 싣고 마을을 향

해 가고 있었다. 마을에 감도는 혈향과 사람이 실린 수레를 보는 순간 무생은 촌락에서 중요한 무슨 일을 벌이고 있음을 알아차렸다.

무생은 합비에서 보았던 광경을 떠올려보다가 마을로 들어가는 수레를 쫓았다. 무무적수라보 안에 천마군림보의 다양한 묘리가 섞여 들어가자 단순한 빠름만이 아닌 만물의 변화를 나타낼 수 있게 되었다.

그것은 무생이어서 가능한 일이었고 선계에 오른 광노조차 흉내 내기 힘든 일이었다.

무생이 신형이 그림자처럼 스며들어 갔다. 수레를 끄는 자들은 이류를 벗어난 자들이었지만 무생의 존재를 알아차릴 방도가 없었다. 그들이 지고한 현경의 경지를 밟고 있더라도 그러했을 것이다.

무생은 수레를 따라 마을 안으로 진입했다. 겉에서 보는 것과는 다르게 감시가 삼엄했고 하얀 천을 둘러 쓴 자들은 모두 하나같이 보기 드문 고수였다.

뇌노의 것에 비할 바가 아니었지만 기문진도 설치되어 있었는데, 마을 안에서 밖으로 쉽사리 빠져나갈 수 없게 만드는 종류의 것이었다.

마을 중앙에는 제법 커다란 건물이 있었다. 곡물 창고와도 같은 모습이었지만 은은하게 나는 혈향으로 보아 이 마을의 존재 이유가 그곳에 있음을 알 수 있었다.

'혈마인인가?'

수레가 커다란 건물 앞에 멈추어 서자 안에서 검은 천을 둘러쓴 기이한 자들이 나와 수레의 내용물을 옮기기 시작했다.

무생의 눈에 비친 것은 어린아이들이었다. 어린아이가 대부분이었고, 약관을 갓 넘은 듯한 여인들도 존재했다. 혈이 집힌 까닭에 눈만 동그랗게 뜨며 두려움에 질려 있었다.

'음…….'

무생은 수레 뒤에서 모습을 드러냈다. 소리 없이 나타난 무생을 발견한 자들은 그 누구도 없었다. 공포에 질린 아이를 옮기려던 자가 문득 고개를 돌려 무생을 바라보았다.

"으, 응? 억!"

무생이 손을 뻗자 그자는 그 자리에서 굳어버렸다. 무생은 손속에 사정을 둘 필요성을 느끼지 못했다. 혈교에 관한 모든 것을 없애 버리기로 결정했기 때문이다.

퍼석!!

막대한 선천지기가 뿜어져 나가자 육체가 박살 나며 가루가 되어 바닥에 떨어졌다. 무공을 익힌 자 치고는 너무나 허망한 죽음이었다.

"누구……!"

그 광경을 멍하니 지켜보던 자들이 숨겨놓은 검을 뽑으려 했지만 그 행위는 이어질 수 없었다. 무생이 그들을 곱게 놓아둘 리 없었기 때문이다.

스으윽!

무생의 모습이 사라지는 순간 그들 모두가 자리에 굳은 듯이 멈춰 버렸다. 무생이 펼친 수법은 암수 중에서도 가장 최고로 치는 무음살의 경지였다.

'쓸 만하군.'

그대로 일어선 채 절명해 버린 그들에게 무생은 그 어떤 동정심도 가지지 않았다. 무생이 그들을 지나치자 싸늘한 시체가 되어 바닥에 쓰러졌다.

무생은 건물로 다가갔다. 겉은 나무로 되어 있지만 건물의 대부분은 단단한 철로 되어 있었다. 큰 문 역시 마찬가지였다. 무생은 문에 손을 가져다 가볍게 대었다.

콰아앙!!

문이 젖혀지며 공중을 날다가 바닥에 떨어졌다. 강철로 이루어진 문에는 손바닥 자국이 나 있었고 바닥에 떨어지는 순간 마치 얼음이 깨지듯 산산조각이 나버렸다.

"웬 놈이냐."

내부에서 음산한 목소리가 들려왔다. 무생은 강한 혈향을 느끼며 천천히 내부로 걸어 들어갔다. 내부의 광경이 눈에 들어오는 순간 무생의 눈이 커졌다.

"혈마인……?"

벽에 고정되어 움직이지 않은 시체들이 보였다. 혈기를 두르고 있어 혈마인이 생각났지만 그것은 아니었다. 오히려 재물에 가까운 것이었다. 선천지기를 강제로 혈기로 만들어 방출시키고 있는 것이다.

바닥에 그려진 홈을 따라 혈기들이 한곳으로 흘러가고 있었다.

"쥐새끼가 겁도 없이 들어왔구나. 크흐흐"

사방에서 모인 혈기는 중앙에 주먹만 한 구슬을 만들어 내고 있었다. 혈기들이 모여 형체화한 그것은 보석과도 같이 아름답게 빛났고 막강한 기운을 머금고 있었다.

그런 끔찍한 혈옥 근처에 서 있는 자들이 있었다. 가면을 쓴 자들은 혈마인이 분명했으나 중앙에 있는 노인의 정체는 조금 특별해 보였다.

그는 기천문에 있던 기천왕야라 불린 자였다. 기천왕야의 바로 위에 팽가연이 포박되어 매달려 있었다.

"읍! 읍읍!!"

무생은 팽가연이 눈시울을 붉히며 버둥거리는 모습에 살짝 웃음을 흘렸다.

"거기에서 반성 좀 하고 있거라."

"읍읍읍!!"

상황 파악이 끝난 무생은 이들을 혈교의 떨거지들로 정의했다. 수가 많기는 하지만 개미처럼 보일 뿐이었고 기천왕야가 특별한 것 같기는 했지만 그래 봤자 거기서 거기라 생각했다. 천하삼절이나 삼류무사나 동등하게 보이는 것처럼 말이다.

"혈교의 조무래기들인가?"

"제법 많이 알고 찾아온 모양이군. 뭐하는 놈이냐."

기천왕야의 말에 무생은 대답 대신 가볍게 손을 휘저어 보였다.

파바바박!!

벽에 걸려 있던 시체가 박살 나며 혈기들이 흩어졌다. 그와 동시에 기천왕야의 얼굴이 찌푸려졌다. 혈기를 간단히 뚫어버린 것에 대한 경계심이 생긴 것이다. 혈기를 뚫는 일은 보통 공력으로 되는 일이 아니었다. 그것도 먼 곳에서 펼쳐지는 공력으로는 더더욱 그랬다.

노인이 손가락으로 무생을 가르치자 노인의 주변에 인형처럼 서 있던 혈마인들이 움직이기 시작했다. 혈기를 폭사시키는 모습은 무림인들에게 두려움을 심어주는 모습이었지만 무생에게는 그 어떤 감흥조차 불러일으킬 수 없었다.

쓸어버릴 대상일 뿐이었다.

"지겹군."

무생이 그런 말을 내뱉는 순간 혈마인들이 달려들었다. 쏟아지는 혈기는 무생의 옷자락에 닿을 수조차 없었다. 무생은 사방에서 달려드는 혈마인들을 바라보다가 드디어 주먹을 쥐었다.

무생의 자세는 조금 달라져 있었다. 천무권에는 딱히 형이 없었지만 지금 무생이 펼치려 하는 것은 예전의 천무권이 아니었다.

무생록(無生錄) 일식(一式).

그것은 광노의 천마신권, 그리고 영생권과 흡사했으나 거대한 천무권에 섞여 들어가 하나로 융합된 것이다. 단순한 동작의 반복인 천무권에 최고의 묘리들이 가미되자 고금제일의 무학이 비로소 완성되었다.

천무권 광마멸천(光魔滅天).

무생의 모습이 서서히 사라졌다. 그와 동시에 달려들던 혈마인들이 제자리에 우뚝 섰다. 그들은 자신의 몸이 어째서 멈춘 것인지 인지조차 할 수 없었다.

투득!

모래가 허물어지듯 벽이 가루가 되어 바닥에 흘러내렸다. 그와 동시에 혈마인의 몸이 터져 나가기 시작했다.

퍼석!

무생이 그들 사이에 나타나는 순간 모든 혈마인들이 먼지가 되었다. 그들은 무너진 벽에서부터 불어오는 바람에 흩날렸다. 달빛이 들어오는 내부에 무생과 노인만이 우두커니 서 있었다.

"대단한 무공이군. 그렇군. 네가 그자였어."

기천왕야의 눈은 어느새 붉은 혈기가 돌고 있었다. 멀리서 보면 정파의 고명한 고수 같은 느낌이 들었지만 자세히 보고 있으면 어떤 광기 같은 것이 흘렀다.

"그런 쓸모없는 구슬 따위를 만들어서 무엇을 하려는 거지?"

"위대하신 대천지주의 뜻이지."

"남궁소연은 어디에 있지?"

기천왕야의 얼굴에 미소가 떠올랐다.

"우리의 품에 있겠지."

"말이 안 통하는 것을 보면 미친 노인네가 분명하군."

기천왕야는 손을 뻗어 중앙에 떠올라 있는 핏빛 구슬을 잡았다. 그것을 쥔 순간 막강한 혈강기가 주변에 몰아쳤다.

도대체 얼마나 많은 이들의 목숨을 흡수한 것인지 알 수 없었다.

"맞네. 나는 미쳤지. 하지만 역사는 우리를 지배자로 기억하고 찬양할 것이네. 기존의 것은 없어지고 새로운 질서가 생겨나는 순간 말이야."

무생의 입꼬리가 살짝 올라갔다.

"차라리 내가 부수는 편이 빠르겠군. 그래, 그 대천지주라는 놈을 잡아 없애면 모든 것이 해결되겠어. 아주 쉬운 일이야."

무생에게 있어서 혈교란 집단은 연약한 여인을 납치해 간 치졸한 녀석들이었다. 그들이 천하를 박살 내고 지배할 수 있으리라고는 생각지 않았다. 오히려 지금 당장 자신이 그렇게 하는 편이 더 빠를 것이다.

광노가 아니었다면 이미 그렇게 됐을지도 모른다. 세상을 파괴하는 것만큼 쉬운 일이 어디에 있단 말인가.

"건방진 놈! 네놈이 아무리 강해도 대천지주께 손가락 하나 댈 수 없을 것이다! 그분은 인세에 강림하신 신이시다!"

"나도 비슷한 친구가 하나 있지. 신이 아니라 신선이지만."

무생은 광노를 떠올리다가 고개를 설레 내저었다. 신선치고는 제법 약하다는 생각이 들었기 때문이다.

"이것을 보면 그런 소리를 못할 것이다! 이 혈옥이야말로 그분의 증거!"

노인이 혈옥을 두 손으로 잡자 다시 막강한 혈강기가 몰아쳤다. 무생은 가볍게 선천지기를 개방해 다가오는 혈기를 지워 버렸다. 진한 혈기로 보아 적어도 천 명 이상의 여인과 아이들이 희생되었음을 알아차렸다.

재물은 하나같이 순수한 아이들이나 처녀였으니 저 정도의 기운이 모이는 것은 당연했다. 선천지기를 강제로 뽑힌 최후는 끔찍하기만 했다. 말라 비틀어져 서서히 죽어가는 고통은 일반인들이 견디기 힘들 것이다.

무생은 대천지주라는 자에 대해 관심이 생겼다. 혈교를 박살 내다 보면 언젠가 나타날 자였고 남궁소연을 되찾기 위해서 필연적으로 맞부딪힐 자라는 것을 직감했다.

'신경 쓸 필요는 없겠지.'

어차피 적수는 되지 못할 것이다. 더 이상 자신을 죽일 수 있는 자를 찾는 것이 의미 없다는 일임을 깨달은 지 오래였다. 신선인 광노조차 작은 흠집 하나를 냈을 뿐이니 말이다. 옥황상제 정도는 돼야 자신을 죽일 수 있지 않을까 하고 생각한 무생은 씁쓸한 웃음을 흘릴 뿐이었다.

"크하하하!

치솟는 혈마기는 혈마강기가 되어 주변을 휩쓸었다. 무

생은 그 영향으로 펄럭거리는 자신의 옷자락을 보다가 무심한 눈으로 기천왕야를 바라보았다.

끊임없이 샘솟는 내력을 지니게 된 기천왕야는 그 어느 때보다도 자신이 있어 보였다. 그러나 무생은 그저 연약한 노인을 바라보듯 볼 뿐이었다. 혈강기가 끊임없이 몰아치든 말든 그다지 상관하지 않았다.

혈옥에서 뿜어져 나온 혈강기는 무생에게 닿기도 전에 사라졌다. 무생의 선천지기가 그에 반응하듯 뿜어져 나왔기 때문이다.

무생은 자신만만한 기천왕야를 바라보며 고개를 설레 내저었다. 이미 인간이 이룰 수 있는 무공의 끝을 경험한 무생에게는 그 모습이 한심해 보일 뿐이었다.

"먹고 꺼져라."

천무권 파천권장(破天拳掌).

무생록 일 단계를 전부 개방할 필요도 없이 간단히 손을 휘두른 것만으로도 파천권장이 펼쳐졌다.

무생의 파천권장이 혈옥에서 뿜어져 나온 혈마강기와 부딪혔다. 붉은 혈마강기가 황금빛 파천권장과 부딪히며 핏빛 안개를 만들어냈다.

무생의 파천권장은 건재했지만 위력이 조금 감소되어 있었다.

콰가가가!!

파천권장이 튕겨져 나가 기천왕야의 한쪽 팔을 훑고 지나갔다. 기천왕야의 한쪽 팔이 너무나 허무하게 박살 나 사라졌다. 건물의 벽을 부수고 한참을 더 나가서야 파천권장의 위력이 다했다.

"크윽!!"

무생은 의외의 위력을 자랑하는 혈마강기에 눈썹이 찌푸려졌다. 이번 일격으로 저승으로 보내 버릴 생각이었는데 그것이 뜻대로 되지 않았기 때문이다.

'혈옥이 내뿜는 혈마강기는 보통의 것과는 조금 다르군.'

무생은 그렇게 혈마강기에 대한 생각을 수정하며 기천왕야를 바라보았다.

"불편해 보이는군."

무생이 그렇게 말하자 기천왕야는 인상을 구기며 살기를 일으켰다.

"알량한 무공만 믿고 위대하신 대천지주께서 주신 은혜에 대항하는구나! 쯧쯧."

기천왕야는 광기에 찬 눈빛을 하며 그렇게 말했다. 무생은 고개를 저으며 한심하다는 눈으로 노인을 바라볼 뿐이었다.

무생의 일격을 제대로 견디지 못해 한쪽 팔이 사라진 와중에도 웃고 있는 모습이었다. 무언가 더 보여줄 것이라고 생각되지 않았다.

"네놈들도 별것 없군."

무생은 여유롭게 기천왕야를 바라보다가 조심스럽게 벽에 붙어서 팽가연을 향해 나아가는 서문천을 발견했다.

'저 녀석……'

기천왕야는 서문천의 기척을 발견하지 못했다. 평소라면 서문천의 존재를 단번에 알아차릴 수 있겠지만 무생의 존재감에 감각이 무뎌진 탓이었다.

기천왕야가 혈옥을 들고 있었지만 무생록 일 단계의 위력으로 지워 버릴 수 있었다. 하지만 서문천이 범위 안에 있는 이상 같이 휘말려 죽을 가능성이 컸다. 위력을 줄이기에는 혈옥이 거슬리고 그렇다고 일 단계를 온전히 펼치기에는 서문천이 거슬리는 상황이었다.

무생은 조금 시간을 끌어보기로 했다.

"이 찬란한 혈옥을 보고도 그런 말이 나오는가?"

"피 따위로 된 구슬이 뭐가 그리 대단한 거지?"

"단순한 피가 아니다. 가장 정순한 기운만 모아 만든 혈옥은 사람의 순수한 생명을 담고 있어 불사지체를 만들어 주지."

무생은 불사지체라는 말에 웃음을 내뱉었다. 사람의 목숨 값으로 불사지체를 이룬다는 것이 무생에게 있어서는 너무나 한심한 일이었다.

무생의 시야에 서문천의 손이 팽가연을 묶고 있는 줄에 닿으려고 하는 것이 보였다.

"읍?! 읍!"

"누구냐!"

팽가연이 깜짝 놀라 신음을 흘리자 기천왕야가 그것을 알아채고 내공을 폭사시켰다. 무생이 주먹을 뻗어 파천권장으로 위력을 줄이기는 했지만 혈옥 때문에 위력이 반감되어 모두 없애지는 못했다.

"커헉!"

"읍읍!!"

서문천이 튕겨져 나가 벽에 부딪히자 팽가열은 깜짝 놀라며 눈물을 흘렸다. 무생은 머리가 아파 옴을 느꼈다.

"호, 호호호! 쥐새끼가 있었군!"

"맞는 말이긴 하군."

"크크큭!"

기천왕야가 미친 듯한 웃음을 흘리기 시작했다. 기천왕

야의 한쪽 손에 들린 혈옥이 그와 동시에 점차 부풀어 오르기 시작했다.

"그걸 흡수라도 하려는 건가? 몸이 버티질 못할 텐데?"

"네놈은 하나도 모르는군. 보아라! 크흐흐!"

무생은 노인이 스스로 혈옥을 흡수할 줄 알았지만 그것이 아니었다. 공중에 매달려 있는 팽가연에게 던져 버린 것이다. 팽가연은 별다른 반항조차 못하고 그대로 혈옥에 적중 당했다.

"무슨 짓이지?"

"아쉽게도 혈옥은 정순한 여자를 좋아해서 말이지. 명문정파무공을 지닐수록 위력이 배가 된다."

팽가연의 단전에 혈옥이 흡수되듯 사라지는 순간 팽가연의 눈이 떠졌다. 기천왕야가 심어놓았던 고독과 혈옥이 만나는 순간 팽가연의 이성이 단번에 날아가 버렸다.

"꺄아아악!!"

비명 소리와 함께 팽가연의 눈에서 피눈물이 쏟아져 내렸다. 팽가연의 내공을 순식간에 불태우며 지독한 혈마기로 뒤덮어 갔다. 혈맥에 혈마기가 질주하고 피가 들끓었다.

콰아아!

막강한 혈마강기가 폭사되었다. 보통 혈마인과는 상태가 달랐다. 피부가 하얗게 변했고 동공이 붉게 타올랐으며 입술이 파래졌다. 마치 싸늘한 시체처럼 변해 버려 조그마한 온기도 찾을 수 없었다.

그것은 마치 강시와도 같아 보이는 모습이었다. 무생은 꼬여 버린 상황에 고개를 설레 내저으면서도 여유를 잃지 않았다.

"혈마인은 아닌 것 같은데."

"대천지주께 바칠 혈옥으로 만든 것이다. 네놈이 혈강시를 당해낼 수 있을까!"

기천왕야는 자신만만하게 무생을 바라보며 광소를 터뜨렸다. 무생의 눈썹이 살짝 찌푸려졌다. 기천왕야는 무생이 동요하고 있는 것이라 생각했지만 실상은 달랐다.

'없애는 것은 전혀 문제가 아닌데……'

무생록 이식을 전개한다면 혈강시든 혈마존이든 순식간에 없애 버릴 수 있을 것이다. 하지만 팽가연을 박살 내는 것은 어딘가 좀 꺼려졌다. 자신의 선천지기로 혈마기를 몰아낼 수는 있겠지만 제정신이 아닌 상황에서 그리했다가는 백치가 될 확률이 높았다.

어쨌든 인연이 있는 팽하월과 관련이 있어 보이고 일이 이렇게 된 것에 어느 정도 일조를 했으니 무생은 좋게 끝내고 싶었다.

"시시한 짓만 골라 하는군."

무생이 전혀 두려움이 없다는 것을 알게 되자 당황한 것은 기천왕야였다. 혈강시라 한다면 혈마존 때에도 나오지 않은 전설 속 강시였고 그 위력은 혈마존보다 조금 아래라고 전해져 있었다. 완벽하지는 않았지만 혈강시를 조종할 수 있는 수법이 있으니 기천왕야는 천하삼절이 오더라도 죽일 수 있다고 생각했다.

그러나 당연히 무생이 위협을 느낄 리 없었다. 아마 앞으로도 영원히 없을 것이다. 혈강시가 눈앞에서 탄생해도 대수롭지 않게 여기고 있는 무생은 빠르게 생각을 정리했다.

"일단 네놈을 박살 내고 생각해 보아야겠군."

"네, 네놈!!"

"알아낼 것이 있으니 죽이진 않으마."

무생은 미소 짓고 있었지만 눈빛은 너무나 차가웠다. 기천왕야는 주위의 온도가 급격히 내려가고 있는 것처럼 느꼈다. 실제로 기천왕야의 입에서는 하얀 입김이 나오고 있었다.

"하지만 죽여 달라고 할 만큼 끔찍할 거다."

인세에서 맛볼 수 없는 지옥을 경험하게 될 터였다. 기천왕야는 알 수 없는 두려움에 몸을 떨다가 다급히 혈강시를 향해 입을 떼었다.

"건방진……! 저자를 죽여라! 죽이란 말이다!"

"꺄아아악!"

혈강시가 된 팽가연이 혈마강기를 일으켜 포박을 끊고 공중에서 천천히 내려왔다. 혈강시가 되었음에도 익히고 있는 신법을 능숙하게 전개하고 있었다. 오히려 팽가연이 전개하는 것보다 성취가 훨씬 높아 보였다.

"꺄아아악!"

비명을 지르며 움직이는 모습은 전율이 돌 정도로 두려움을 주겠지만 무생에게는 오히려 귀엽게 보였다. 주변으로 막대한 혈마강기를 발산하고 있었는데, 손에 맺힌 혈마강기는 혈마존의 것과 무척이나 닮아 있었다.

혈강시의 무서운 점은 상대의 내력을 흡수해서 자신의 내력을 회복시킨다는 점이었다. 내력을 흡수하여 혈마기로 전환하니 흡성대법보다 악랄했다. 게다가 혈마기로 손상된 몸을 빠르게 재생시키니 혈마기가 존재하는 한 불사지체라 불릴 만했다.

어느 누가 이러한 괴물을 당해낼 수 있을까?

검기로도 피부를 상하게 할 수 없는 데다가 그런 장점을 지니고 있으니 전설의 존재가 될 만했다. 혈강시 열 체만 있어도 무림을 정복할 수 있다는 말은 허언이 아니었다.

물론, 무생만 없다면 말이다.

"꺄아아악!"

"평소보다 더 시끄럽군."

혈강시가 된 소녀가 달려들었다. 소녀가 익히고 있는 무영신투의 신법에 혈마기가 가미되자 그 위력이 배가 되었다. 고독이 뇌 속을 지배하여 강제적인 깨달음을 일으켰기에 무공의 성취도는 대성에 이르렀다.

혈강시의 모든 특성이 나타나니 너무나 무시무시한 존재가 된 것이다.

"꺄악!"

하지만 무생에게는 해당되지 않았다. 뻗어오는 혈강기가 맺힌 손을 간단히 붙잡고는 그대로 옆으로 던져 버렸다. 혈강시가 너무나 간단히 날아가 바닥에 처박히자 경악한 것은 역시 기천왕야였다.

"마, 말도 안 돼!"

혈강시가 비틀거리며 일어났지만 무생의 선천지기에 영향을 받은 듯 정상이 아니었다. 무생이 자신을 노려보자 기천왕야가 움찔거리며 뒤로 물러났다.

혈강시가 비틀거리며 다시 달려들자 무생은 손을 뻗어 혈강시의 머리를 잡았다. 수강으로 무생을 공격하려 했지만 선천지기의 영향을 결코 벗어날 수 없었다.

"조금 쉬어라."

무생이 그렇게 말하며 선천지기를 폭사하자 혈강시가 뒤

로 크게 밀려나더니 바닥에 쓰러졌다. 혈강시의 몸에 맺혀 있던 혈마기가 단박에 날아가 사라지는 모습은 압도적이라고 표현할 수밖에 없었다.

"천무권."

무생은 나지막하게 그렇게 말했다. 무생록 이 단계를 모두 개방할 필요는 없었다. 단순히 파괴를 위한 일 단계를 개방한 것으로 주변의 온도가 급격하게 내려갔다.

"마, 말도 안 돼! 어, 어떻게 이런 무공을!!"

무생은 조용히 주먹을 말아 쥐었다. 오랜만에 등장한 천무권의 진정한 자세였다. 천마신공의 묘리를 모두 포함했기에 광노의 모습이 언뜻 비치는 듯했다.

천마신권의 모든 것을 포함하고 그것을 초월한 모습이었다.

"처, 천마신권? 아, 아니다 그것은……?!"

황금빛 강기가 주변을 향해 폭사되었다. 무생은 산책이라도 나온 듯한 표정으로 기천왕야를 바라볼 뿐이었다.

"대, 대천지주님을 그 누구도 거스를 수가 없다!"

무생은 기천왕야의 목소리를 듣지 않았다.

천무권 파천멸절권!

무생의 주먹이 주변을 가득 메운 신천지기를 가르며 뻗어나갔다. 기천왕야의 전신을 박살 내는 데에 많은 선천지기는 필요치 않았다.

단지 뻗는 동작만으로도 노인의 전신에 막강한 황금빛 권강이 작렬했다.

"크아아아악!!"

노인의 전신이 터져나갔다. 혈마기를 몸에 두르며 방어를 하려 했지만 단번에 파괴되어 사라졌다. 기천왕야의 전신혈맥이 파괴되고 단전이 순식간에 박살 나면서 기천왕야의 몸에 있는 모든 구멍에서 검은 피가 뿜어져 나왔다.

"끄아아악!"

끔찍한 고통을 느끼는 와중에도 기천왕야는 절대 죽을 수가 없었다. 무생의 선천지기가 기천왕야의 목숨을 놓아주지 않았기 때문이다.

이것 역시 불사지체였다. 아주 고통스러운 불사지체 말이다.

"으, 으악! 주, 죽여줘!"

무생은 바닥에 쓰러져 발광하는 기천왕야에게 천천히 다가갔다. 기천왕야를 내려다보며 차가운 표정으로 입을 뗐었다.

"불사지체라 했던가?"

누가 감히 무생의 앞에서 불사를 논할 수 있단 말인가.

혈옥을 이용해 불사를 이룰 수 있다는 것이 가능해 보이기는 했다. 무생은 혈교가 사람들을 납치해서 혈마인을 만들고 혈옥을 만드는 이유를 드디어 알 수 있었다. 그것은 누구나 꿈꾸고 또 무생은 바라지도 않는 불사지체에 다다르기 위함일 것이다.

"대천지주라는 놈의 목적은 영생, 바로 그것이겠군."

"크아아악!"

무생은 대천지주가 그것을 원하고 있다면 그 역시 시시한 인물일 것이라 생각했다. 영생을 얻는다면 모든 것을 가지는 동시에 모든 것을 잃는 것과 같았다. 자신의 손에 쥔 모든 것들이 사라지고 두 번 다시는 쥘 수 없는 상태가 되는 것이다.

"대천지주라는 놈은 어디 있지?"

"모, 몰라! 크악!"

무생은 아무 말 없이 기천왕야를 지켜보기 시작했다. 기천왕야는 막대한 고통 속에서 점차 이성이 파괴되어 갔다. 여기가 어디인지 자신이 누구인지조차 오락가락할 지경이었다. 고통을 겪는 순간의 시간은 너무나 느리게 갔다. 떨어져 내리는 먼지가 억겁의 세월 동안 내려오는 것으로 보일 지경이었다.

"두 번 묻지 않는다. 어디에 있지?"

"화…… 황산! 황산으로 보냈어! 혀, 혈옥을 나는 황산으로⋯⋯!"

"황산이라⋯⋯. 그렇군."

황산이라는 말에 무생은 고개를 끄덕였다.

혈교라는 놈들의 본거지가 있는 것 같지는 않지만 황산에 무언가 있는 것이 확실했다. 무생은 남궁소연이 그곳에 있을 것이란 생각이 들었다.

"소연이는 왜 납치한 것이지?"

"으아아악! 그, 그건 혀, 혈강시를 대, 대량으로⋯⋯!"

무생의 눈이 날카롭게 빛났다. 혈강시라는 말이 언급되었을 때 무생은 깊은 살기를 내뱉었다.

"사실인가?"

"커헉!"

기천왕야가 거짓말을 하고 있다고 생각지는 않았다. 무생의 입에서 긴 숨이 내쉬어졌다. 잠시 무언가를 생각하다가 고개를 끄덕였다.

"쉬어라."

무생이 그렇게 말하는 순간 기천왕야의 몸이 축 처졌다. 비로소 죽음을 얻은 것이었다.

"이제 널 어떻게 하면 좋을까."

"꺄아아악!"

비틀거리며 일어나는 혈강시를 보며 무생이 그렇게 말했

다. 무생의 선천지기로 인해 혈마기가 대부분 날아갔지만 혈강시의 모습이 유지되고 있었다. 생명력을 깎아 먹으면서까지 말이다.

완전히 정신이 혈마기에 잠식되어 더 이상 방도가 없어 보였다. 죽음만이 제일 좋은 길인지도 몰랐다. 혈강시가 된 팽가연에게서 왜인지 남궁소연의 모습이 겹쳐 보였다.

'그렇게 되었다면 나는…….'

무생의 주변에 떠 있던 염강기가 일그러지며 굳어버렸다. 염강기가 얼어버리며 바닥에 떨어졌다. 바닥은 그대로 얼어붙으며 주변을 너무나 춥게 만들었다.

무생이 살기를 일으키며 천천히 손을 들 때였다.

"그, 그러지 마세요!"

서문천이 앞을 막아섰다. 막 출수를 하려던 무생이 멈칫했다. 서문천의 눈빛은 너무나 간절해 보였다. 서문천의 눈앞에서 팽가연을 없앤다면 저 눈빛이 증오로 바뀔 것이 분명했다.

하지만 그래 봤자 달라지는 것은 없었다.

"꺄아아악!"

"사매! 정신 차려!"

마구 날뛰기 시작한 혈강시가 팽가연을 알아볼 수 있을 리 없었다.

"비켜라."

"안 돼요! 그럴 수는 없어요."

무생은 들었던 손을 내릴 수밖에 없었다. 저 간절함이 무생의 손을 잡아 내린 것이다. 모용천의 간절함과 비교해도 꿀리지 않았지만 그 종류가 달랐다.

'만약 소연이가 저렇게 되었다면······.'

그때는 쉽게 처리하려 손을 들 수 있을까?

그런 가정을 해보자 쉽사리 결정이 내려지지 않았다. 지금 그런 일이 발생한다면 많은 갈등을 했을 것이 분명했다. 아마 그 원흉인 모든 것을 결코 쉽게 부수지는 않을 것이다.

선천지기가 더욱 차갑게 가라앉기 시작하자 고개를 흔들어 그것을 털어버렸다. 무생은 조그만 가능성을 지켜보기로 했다.

무생이 서문천을 바라보며 입을 떼었다.

"잠깐이라도 좋다. 정신을 차리게 한다면 고칠 수 있다."

"제가, 제가 할 수 있는 일일 거예요."

무생은 서문천에게 맡겨보기로 했다.

혈강시가 된 팽가연을 깨끗하게 지워 버리는 일밖에 그는 할 수가 없었다. 정신을 차리지 못한 채로 혈마기를 몰아낸다면 아무것도 생각하지 못하는 상태가 될 것이었고 차라리 죽음만 못했기 때문이다. 실제로 그 상태가 된 후 얼마를 버티지 못하고 죽을 것이다.

팽가연은 혈마기를 뿜어내며 서문천에게 달려들었다. 서문천은 신법을 전개해 공격을 피했지만 스쳐 지나가는 것만으로도 내상이 생겨 버렸다.

"우웩!"

피를 한 사발 토해내며 힘겹게 피하고는 있지만 팽가연에게서 눈을 떼지 않았다.

"사매. 사매가 늘 날 겁쟁이라 놀렸지."

서문천은 힘들게 내력을 유지하고 있었다. 겁에 질려 있었지만 누구보다 용감해 보였다.

무생이 살짝 손을 뻗어 서문천에게 선천지기를 흘려주었다. 덕분에 내상이 많이 회복되어 제대로 설 수 있었다.

"매번 현실을 피하고 도망쳐 왔지만…… 이번만큼은 그렇게 할 수 없을 것 같아."

"꺄아악!"

팽가연이 혈마기가 맺힌 손을 서문천에게 뻗었다. 서문천이 쓰고 있는 죽립이 뒤로 물러나다가 머리에서 떨어졌다.

푸욱!

팽가연의 손이 죽립을 뚫고 서문천의 배에 박혀 들어갔

다. 사문천은 떨리는 손으로 팽가연의 손을 잡고는 희미하게 웃었다.

"정신 차려, 사매."

"아……."

팽가연의 눈빛이 흔들리기 시작했다. 팽가연는 믿을 수 없다는 듯 눈앞에서 죽어가는 서문천을 바라보았다. 단전이 박살 나고 전신의 장기가 상해 도저히 살아날 가능성이 없어 보였다.

"아, 안 돼!"

비명을 질러 보아도 서문천의 빛을 일어가는 눈빛은 돌아오지 않았다. 혼백을 뒤흔드는 충격에 정신이 돌아왔지만 그것도 잠시뿐, 팽가연은 다시 붕괴되려 하고 있었다.

"나쁘지 않았다."

부드러운 음성이 들려왔다.

무생이 주먹을 쥔 채로 그들을 바라보고 있었다. 무생의 몸에서는 황금빛 기류들이 치솟아 있었고 그것은 무척이나 따뜻하게 느껴졌다. 모르고 본다면 무생의 모습에서 부처를 찾을 수도 있었다.

무생은 저들을 보며 삼 단계의 의미를 생각해 볼 수 있었다. 감정이라는 것이 희박한 가능성을 뚫고 무언가를 이루어 낼 수 있는 원동력이 된다는 것을 무생은 깨달았다.

'삼 단계라…….'

감정을 외면하지 않는 순간부터 무생은 무생록 삼 단계에 대한 실마리를 완전히 찾았다는 느낌이 들었다. 그것은 원래 지니고 있었지만 외면하여 잃어버린 것이었다.

무생은 살짝 눈을 감았다가 떴다. 그리고 동시에 주먹을 내질렀다.

무생록(無生錄) 삼식(三式).

삼 단계의 초입에 이르러 형용할 수 없을 정도로 거대해진 선천지기가 그들을 주변을 모조리 쓸어버리며 뿜어져 나갔다.

멸마회생권(滅魔回生拳).

공간마저 일그러지는 광경은 직접 목격한다고 해도 믿지 못할 것이다. 지면은 물론이고 건물의 기둥이 박살 나며 천장이 사라지고 벽들이 먼지가 되었다.

콰아아아아!!

황금빛 파도가 그들을 덮쳤다. 그 빛살 하나하나가 강기를 넘어선 것들이었다. 어마어마한 파괴력에 죽음을 예감했던 팽가연이었지만 기이하게도 느껴지는 고통은 없었다.

"아, 아아…….."

주변이 모두 다 박살 났음에도 팽가연과 서문천은 오히려 회복되고 있었다. 팽가연의 몸을 잠식했던 혈마기가 사라지고 무생의 선천지기가 단전을 수복하며 내공을 다시 채워놓았다. 그와 동시에 서문천의 엉망이 된 신체 역시 순식간에 회복되었다.

파괴 속에 있는 재생은 무생록 삼 단계의 진정한 묘리였다.

무생은 구멍이 뚫려 바닥에 떨어져 있는 죽립을 바라보았다. 그러다 멍한 눈빛의 팽가연과 눈이 마주치자 웃음이 새어 나왔다. 팽가연의 표정이 너무나 웃겼기 때문이다.

"죽립 값으로 하도록 하지."

"아저씨 역시 도둑이네."

팽가연의 눈에서 쉴 새 없이 눈물이 뿜어져 나왔다. 서문천을 끌어안고 대성통곡을 하는 모습에 무생은 고개를 저을 뿐이었다.

휘이잉!

무너진 건물 사이로 드러난 촌락의 상태는 끔찍했다. 태풍이 몰아친 듯 모든 건물이 사라져 있었고 숲은 절반이 갈

려 없어졌다. 그러나 자세히 보면 묘한 모습이었다. 숲은
갈려 없어졌지만 쓰러진 나무들은 죽지 않았다. 그것들은
그 자리에 누운 채로 생생하게 살아 있었다. 동식물의 형태
가 바뀌기는 했지만 죽음을 찾아볼 수 없었다.

"나쁘지 않군."

여전히 무생은 공허함을 느꼈지만 그 위로 한 단계 올라
선 것 같은 감각을 느낄 수 있었다. 언젠가 이 끝에 도달할
수 있지 않을까?

'조금 편리해졌어.'

지금은 그럭저럭 나쁘지 않은 수준이라 생각했다. 무생
은 자신이 펼친 수법을 생각하다가 고개를 끄덕일 뿐이었
다.

*　　　*　　　*

기천문이 하루아침에 사라졌다.

이현에 있는 무림인들은 혼란에 빠졌지만 무생은 그런
것을 전혀 신경 쓰지 않았다. 오히려 하오문과 개방에서 무
생의 행보를 주시하며 그 소식을 무림에 알리기 급급했다.

엄마지존이 홀연히 이현에 나타나 기천문을 박살 냈다는
소식은 불과 하룻밤 만에 합비로 전해졌고 전 무림으로 퍼

져갔다. 이현에 있던 거지들이나 하오문도들이 기천문이 박살 나자마자 다급히 합비에 있는 정의천으로 소식을 전한 것이다.

뒷수습은 역시나 무금성과 정의천에서 해야만 했다. 나라에서는 무림의 다툼에 관여를 하지는 않지만 어느 정도는 해명을 해야 했고 좋은 관계를 위해서는 꾸준히 교류를 해야 했던 것이다. 어쨌든 무림인들 역시 황제를 모시고 있는 백성이었고 나라의 법에서는 자유로울 수 없었다.

무생은 황제 따위 아무렇지 않게 생각할지 몰라도 백도무림은 조심스러운 태도를 취할 수밖에 없었다. 황실과 연이 있는 구파일방의 원로격들이 나서니 겨우 한시름 놓을 지경이었다. 어쨌든 염마지존이 하는 일이 무림의 평화를 위해서라 생각하니 무림맹 때문에 크게 체면을 구긴 구파일방은 어떻게든 최대한 염마지존을 도와주려 했다.

그것은 사천당문과 하북팽가를 포함한 오대세가 역시 마찬가지였다. 다만 제갈세가만은 침묵을 지키고 있었다.

검노와 뇌노는 무금성에 머물며 장기를 두고 있었다. 장기를 두는 것인지 천기를 읽는 것인지 굉장히 느릿느릿했다.

"흠, 곤란하군."

검노가 그렇게 말하자 뇌노가 고개를 끄덕였다. 무생을

위해 우화등선을 한 광노처럼 득도촌에서 내려와 무생신교에 자리 잡은 검노와 뇌노는 장기를 두면서 무척이나 심각했다.

"우리가 관여해야 할 정도로 어지러워."

"무생이 걱정이야."

검노와 뇌노의 근심 섞인 말이었다.

"허허허, 무생도 물론이고 이 세상도 걱정이네."

검노가 다시 그렇게 말하자 뇌노는 눈을 지그시 감았다가 떴다. 광노 역시 그러했듯 자신들이 남아 있는 까닭은 언젠가 그 쓰임이 있기 때문이라 생각했다. 그 쓰임은 무생과 얽혀 있음을 알고 있었고 그 끝이 어떻게 될지 알 수 없었다.

"황산이라 했던가."

"오랜만에 들어보는군."

검노와 뇌노는 황산을 생각하다가 서로를 마주보며 웃었다. 황산은 검노와 뇌노에게 많은 추억이 담겨 있는 곳이었다. 천마지존이 천하를 호령하던 시절 황산에서 만나 천하를 논하였고 결국엔 모두가 실패했다. 인연이 닿아 득도촌에서 만났고 지금에 이른 것이다.

"혈마존, 그 아해를 혼내주지 못한 것이 이렇게 꼬이는구만. 무시하거나 외면해서는 안 될 일이었네. 쯧쯧."

뇌노는 혀를 찰 뿐이었다. 잠시 침묵이 자리 잡았다. 먼저 입을 뗀 것은 검노였다.

"피할 수는 없겠지."

"피할 까닭이 있겠는가?"

검노의 말에 뇌노가 그렇게 되물었다. 검노는 진한 미소를 지으며 손을 뻗었다. 그러자 그와 일생을 같이한 검이 손에 딸려 들어왔다.

"없지! 암! 친구를 위한 일이니 말일세!"

검노가 자리에서 일어나자 뇌노 역시 따라 일어났다. 그들은 어느 때보다도 밝아 보였다.

*　　　*　　　*

무생은 일단 따라오는 저들을 내치지는 않았다. 그다지 불편한 점은 없었고 옆에서 조잘거리는 것이 생각보다 기분 전환이 되었기 때문이다.

"지존 아저씨, 정말 혈교와 싸울 생각이에요?"

"싸운다고?"

무생은 작게 실소했다. 그 모습에 팽가연과 서문천은 눈을 동그랗게 뜨고 무생을 바라보았다.

"그냥 없앨 것이다."

"우와, 대단한 자신감이네."

"정해진 사실이니까."

팽가연 질린다는 듯한 표정으로 무생을 바라보았다. 하지만 그런 무생의 자신감이 더 이상 나쁘게 보이지 않았다. 무생은 명실상부한 고금제일인이었고 게다가 팽가연이 보기에는 성격만 살짝 모났을 뿐이지 대단히 낭만(?)적인 사람이었다.

그도 그럴 것이 남궁소연을 위해서 무림맹과 싸운 일화가 있었고 지금은 혈교라는 무서운 집단마저 적으로 돌리고 있었기 때문이다. 그런 지고지순한 사랑을 거부할 여인이 있을까?

팽가연은 납치당한 남궁소연을 안타까워하면서도 참 복받은 여인이라 생각했다. 무생은 어디 하나 빠지는 구석이 없었다. 성격도 저만하면 그럭저럭 허용 범위 안이었다.

'얼굴도 잘생겼고.'

팽가연은 서문천과 무생을 비교하다가 한숨을 푹 쉬었다. 서문천이 무생과 그나마 견줄 수 있는 것은 아름다운 외모였다. 무생이 무척이나 잘생긴 외모라면 서문천은 여인처럼 아름다운 조금은 연약해 보이는 외모였다.

"사매? 무슨 할 말이라도?"

"아니에요."

외모 때문에 고생이 많았던 서문천은 이제 스스로 당당해지기로 했는지 죽립을 쓰는 대신 등에 메고 있었다.

"근데, 염마지존님."

"무생, 그냥 무생이라 불러라."

"아, 아니 제가 어찌 염마지존님의 존명대성을 부를 수 있겠습니까?"

서문천은 그렇게 말하면서도 눈을 반짝였다. 무생에 대한 존경심이 극에 달해 있었고 지금은 무생의 행동 하나하나를 보고 배우는 중이었다.

"사형도 그냥 저처럼 아저씨라 부르는 게 어때요?"

"사, 사매. 무례하잖아."

"맘대로 불러라."

무생은 딱히 호칭에 대해서 신경을 쓰지는 않았다. 단지 자신을 별호로 부르는 것을 싫어할 뿐이었다. 서문천이 심각하게 고민을 하고 있었지만 팽가연은 별 생각 없었다.

"지존 아저씨. 무슨 정해놓은 계획이라도 있어요? 막 몰래 잠입해서 멋지게 남궁소저를 구해낸다든지, 사실 비밀리에 키운 부하들이 있다든지 말이에요."

"혈교를 찾아내고 없애버린 다음 소연이를 구하는 것이 계획이다."

"그, 그래요?"

팽가연은 당황했지만 애써 침착한 표정을 지었다. 팽가연은 헛기침을 하고 주제를 바꾸기로 했다.

"소문으로 들었는데 요즘 황산에 계절과 맞지 않게 단풍이 들었다고 해요."

"사매, 나도 들었어. 그 소문."

어느새 무생의 옆에 선 팽가연과 서문천이 그렇게 말했다. 단풍을 지겹도록 본 무생은 그다지 흥미가 생기는 내용은 아니었다. 그런 일이 간혹 있기는 했기 때문이다.

검노나 뇌노였다면 장황하게 설명을 해주었겠지만 무생은 그저 조금 특이하다고 생각할 뿐이었다.

팽가연은 무생이 흥미를 보이지 않자 씨익 웃고는 무생을 바라보았다.

"아저씨, 재미있는 점이 뭔지 아세요?"

"뭐지?"

무생이 되묻자 흥이 돋은 팽가연은 잠시 뜸을 들이다가 입을 떼었다.

"단풍을 보았다는 곳은 대부분 소나무가 빼곡한 숲이었어요."

무생은 작게 실소했다.

"소나무에 단풍이 들었다고?"

무생은 고개를 설레 내저었다. 무수한 세월을 살아왔지

만 단 한 번도 소나무에 단풍이 든 것은 본 적이 없었다.

"헤헤, 재미있잖아요. 소문이기는 하지만."

"붉은 소나무라, 상당히 예쁠 것 같네요."

팽가연과 서문천이 웃음을 띠며 말했다. 그러나 무생은 그저 흘려들을 뿐이었다. 문득 소나무가 붉게 물드는 모습을 상상해 보았지만 잘 그려지지 않았다.

*　　*　　*

정의천에서 무림 역사상 최초로 구파일방, 사파연합 그리고 마교의 수뇌부가 모였다. 게다가 무생의 휘하 세력이라고 알려지기 시작한 무생신교 역시 한 자리를 차지하며 높은 발언권을 행사했다.

염마지존이 본래 무림맹 소속이었던 기천문을 박살 낸 직후 자연스럽게 열린 회의였다. 무림맹의 책사인 제갈미현 역시 자리하고 있었다. 가장 구석진 곳이었지만 여전히 자신만만한 표정이었다.

"염마지존의 행동에 무림맹은 지지를 보내는 바입니다."

"흥, 껍데기만 남은 무림맹의 의사가 뭐가 중요하오?"

사파연합의 원로이자 대표자격으로 참여한 흑사혈왕(黑死血王)이 노성을 띠며 그렇게 말했다. 흑사혈왕은 평소에 무림맹을 달갑지 않아 하는 인물이었고 무림맹이 염마지존에 의해 박살 나자 제일 환영을 표명한 자였다. 제갈미현은 그런 흑사혈왕의 태도에도 아름다운 미소를 지었다.

"무림맹 역시 피해자입니다. 구금되어 있는 무림공적 모용준에 의해 농락당했을 뿐입니다."

"음, 흑사혈왕께서는 진정하시오. 이 자리는 무림 평화를 위해 마련된 자리이오. 마땅히 혈교를 전 무림의 공적으로 지목하고 힘을 합치는 데 의견을 모아야 할 것이오!"

의선이 그렇게 말하자 흑사혈왕은 살짝 고개를 끄덕일 뿐이었다. 정파와 사파 사이기는 하나 의선은 모두에게 존경받는 자였고 무림의 대선배였다.

무당의 대표로 참여한 의선이 회의를 주도했다.

"중요한 것은 황산에서 기이한 징후가 포착된다는 점이겠군요. 무생신교 휘하의 하오문과 구파일방의 개방이 수집한 정보로는 황산의 최근 기후가 기이할 정도라 합니다."

홍수회의 말이었다. 소문만 무성했던 무생신교가 처음으로 공식 석상에 등장하여 발언을 한 것이다. 합비의 혼란을 해결하고 무림인 중에서 혈교의 첩자가 없는지 확인하는 데 큰 공을 세운 것이 바로 무금성과 무생신교였다. 무금성은 따지고 보면 무생신교의 휘하에 포함되니 무생신교를 무시할 수 있는 세력은 그 누구도 존재하지 않았다.

홍수희의 발언에 회의장에 있는 모두가 집중했다.

"혈교의 근거지로 뽑기에는 무리가 있지만 황산에 혈교의 주요 기관이 있는 것은 확실해요. 최근 발생한 실종자들을 시기에 따라 집계한 결과 처음에는 황산에서부터 합비, 그리고 안휘, 산동까지 퍼지더군요."

홍수희의 말에 모두가 신음을 흘렸다. 황산에 설마 혈교의 존재가 있을 줄은 상상도 하지 못했다. 그들이 얼마나 치밀하게 자신을 숨겼는지 알 수 있는 대목이었다.

"중요한 것은 그들이 무엇을 꾸미고 있느냐겠군요."

마교의 소교주 단마천이 조용한 어조로 말했다. 마교의 차기 교주로서 마교의 뜻을 전하기 위해 자리한 것이다. 마교의 교주는 이 자리 자체를 탐탁하지 않게 생각했지만 염마지존을 경계할 겸 단마천에게 전권을 위임했다.

"과거에는 혈마인을 양성했었지요. 혈마의 끝없는 내력의 바탕이 되었고 천마신교와 분열되는 데 결정적인 이유가 되었습니다."

단마천의 말은 사실이었다. 천마신교는 스스로의 무공으로 무림을 평정할 자신이 있었다. 허나 부교주였던 혈마는 특수한 수법으로 혈마인을 양성하였고 그것이 분열의 발단이 되었다. 혈마인의 존재는 그 당시에도 너무나 끔찍한 것이었다.

"그들이 모습을 드러낸 것은 혈마인 말고도 무언가 있기 때문일 겁니다. 혈마의 진전은 그렇다 치더라도 말이지요."

단마천은 그렇게 단언했다. 그동안 깊은 곳에서 힘을 기른 것이 확실했다. 그들이 모습을 드러냈다는 것은 준비가 다 되었다는 말이었다.

"혈마존이 재림할 수 있다는 말이오?"

의선의 말에 단마천은 고개를 끄덕였다.

"혈마는 불사지체를 꿈꾸었죠. 혈마신공이 그것을 가능하게 한다는 믿음이 있었습니다. 혈마를 따르는 자들은 광신도였고 그 목적을 위해서는 무엇이든지 하였습니다."

무차별적인 학살의 자행으로 관군까지 나선 것은 유명한 일화였다. 결국은 실패했지만 그 시절이 바로 무림의 암흑기였다.

"백도무림에서는 황산으로 토벌대를 파견하기로 정하였소. 염마지존을 도와 다시 피바람이 부는 것을 막을 것이오."

의선은 구파일방, 그리고 백도무림의 뜻을 모아 그렇게 이야기했다.

"사파 연합 역시 그리할 것이오. 염마지존은 사파연합의 은인이고 혈교 또한 마음에 들지 않으니."

"마교 역시 혈교와 나누어야 할 이야기들이 있습니다."

입장은 달랐지만 뜻은 같았다. 무림 역사상 처음으로 정 사마가 힘을 모은 것이다. 혈교가 가지고 올 재앙을 막기 위해서 말이다.

앞으로 어떤 것들이 튀어나올지는 모르겠지만 황산이 격 전지가 될 것은 분명했다.

이제 모든 무림인의 시선은 황산에 쏠리게 되었다.

*　　　*　　　*

무생은 황산을 목전에 두었다.

황산을 보고 돌아온 자들은 다른 경관이 눈에 보이지 않 는다고들 한다. 과거에 온 적이 있었던 무생은 희미하지만 기억을 떠올렸다.

황산에 본가를 두고 있는 남궁세가는 당연히 황산의 명 성과 어울리게 오대세가의 위치에 있었고 과거에는 천하제 일세가라 불리기도 했다. 지금은 그저 몰락한 가문이었지 만 말이다.

"황산인가."

과거에는 황산의 아름다움이 눈에 들어오지 않았다. 산 이란 것은 어디에나 있었고 무엇이 아름다운지 이해할 필요가 없었기 때문이었다.

"볼 만하군."

영생산도 절경이라면 절경이었지만 황산에 미치지는 못했다. 아름다운 소나무가 가득했지만 무생은 왠지 불길함을 느꼈다. 무언가 거부감이 드는 것은 이번이 처음이었다.

황산 근처에는 제법 큰 마을들이 즐비해 있었고 사람들의 유통이 많았지만 기이하게도 적막해 보였다. 그것은 무생만 느끼는 것이 아니었다.

"적막하네요. 황산이 원래 이랬던가요?"

무생의 뒤를 겨우 따라온 서문천이 숨을 가다듬다가 그렇게 말했다. 기이한 적막감이 감도는 황산은 왜인지 조금은 서글퍼 보였다. 마치 산이 흐느껴 우는 느낌이었다.

'산이 운다……. 나도 미친 건가?'

대개 산은 기운을 품고 있다는 검노의 말이 기억난 무생이었다. 검노는 역사상 가장 찬란했던 영생산맥의 모든 기운을 무생이 모조리 지니고 있다고 말했었다.

영생산은 과거 옥황상제가 내려와 머물렀다는 기록이 전해질 정도로 대단히 아름다운 산이었다. 지금은 그 기운을 잃어 독충이나 요괴에 가까운 동식물밖에 살지 않는, 성스럽지 않은 성역이 되었지만 말이다.

"근데 정말 혼자 싸우는 거예요? 그 무지막지한 혈교랑?"

이제는 제법 존대를 해주는 팽가연이 무생에게 물었다.

"없앤다고 하지 않았나."

"우와, 대단한 자신감이네요. 역시 고금제일인은 아무나 하는 게 아닌가 봐."

무생은 단지 남궁소연의 신변만 신경 쓸 뿐, 나머지는 안중에도 없었다.

"여전히 박살 내고 구하는 게 계획인가요?"

"그래."

무생의 아무렇지도 않은 말에 팽가연이 먼저 넋을 잃었다. 혈교는 과거 무림을 피바다로 만든 집단이었다. 그 중심에 혈마존이 있기는 했지만 혈마존과 더불어 혈교라는 집단 자체가 전 무림인들의 두려움을 산 것이다. 전설이라는 혈강시마저 만들어내고 있는 혈교는 아무리 고금제일인인 무생이라 할지라도 당해낼 수 없다는 것이 팽가연과 서문천의 생각이었다.

저번에는 그냥 넘겼지만 일단 황산을 목전에 둔 이상 서문천은 걱정이 되었다.

"그 남궁 소저를 인질로 잡으면 어떻게 할 건가요?"

서문천은 혈강시가 된 팽가연의 모습을 떠올리다가 조심스럽게 말했다. 서문천이 본 무생은 냉정한 사람 같으면서도 마음속에 무언가 따뜻함이 존재했다.

무생은 잠시 걸음을 멈추고 입을 떼었다.

"무엇 때문에 인질로 삼는다는 거지?"

"음, 아저씨를 무력화시키는 수단으로 삼는 거죠. 악당들이 자주 하는 일이잖아요?"

무생의 말에 팽가연이 그렇게 말했다. 무생은 팽가연의 말을 듣는 순간 입가에 조소가 떠올랐다.

"그 말은 날 죽일 수단으로 삼는다는 건가?"

"아무래도 그렇겠죠?"

팽가연은 냉정해 보이는 염마지존이 남궁소연을 진심으로 사랑(?)한다고 생각했다. 소문처럼 남궁소연을 지키기 위해 무림맹과 대적하고 지금은 혈교와 홀로 싸우고 있으니 말이다.

처음에는 재수 없는 사람이라 생각했지만 따지고 보면 자신의 잘못도 있고, 절박한 마음을 생각하니 그의 상태가 이해된 것이다.

"날 죽인다라……, 기대를 갖게 만드는군. 하지만 그럴 일은 없을 것이다."

무생은 그렇게 단언했다. 사람으로서 자신을 해할 수 있는 자는 없었다. 자신에게 해를 끼치려면 적어도 동등한 자격을 갖추어야 한다고 생각했다. 선계에 올라간 광노처럼 말이다.

팽가연은 무생의 그런 고집스러운 태도에 작게 한숨을 내쉬었다. 무생의 마음은 이해가 되지만 이런 쪽은 자신의 전문이었다.

"저기, 천하제일인 아저씨. 죽을 때 죽더라도 남궁 소저는 구해야 하지 않겠어요? 혈교를 박살 내다가 애들이 미쳐서 남궁 소저를 해하면 어떡해요."

"그렇게 하기 전에 박살 내면 되겠지."

무생은 남궁소연의 기척만 느낄 수 있다면 어디에 있든 구해낼 자신이 있었다.

"그렇게 편하면 좋겠지만 혈교는 무림을 반 이상 먹어치운 집단이에요. 아마 우두머리는 혈마존의 진전을 이었을 거고 무공이 엄청나겠죠."

서문천이 침착하게 말했다. 하지만 무생은 혈교의 우두머리에 대한 흥미가 생길 뿐이었다. 그자가 모용천을 살리고 남궁소연을 데려간 원흉일 것이다. 그리고 이 모든 사태를 깔끔하게 해결할 마지막 쓰레기였다.

"너희는 적당한 마을에 숨어 있거라. 도둑이니 그럴 실력은 되겠지."

황산을 뒤질 생각인 무생에게 이들을 챙겨줄 여유는 없었다. 그들도 혈교와 대적하는 무생을 따라갈 마음은 없었다. 그런 인외의 싸움에 끼어들었다가는 순살당한다는 것쯤 너무나 잘 아는 일이었다.

하지만 그래도 목숨을 빚진 셈이니 도움이 되고 싶었다.

"저기 촌락이 있네요."

서문천이 촌락을 발견하자 팽가연은 다행이라는 듯 고개를 끄덕이며 웃었다. 얼마 동안 무생을 쉬지 않고 쫓아온 덕분에 크게 지쳐 있던 까닭이었다. 무생은 바로 황산으로 가려고 했지만 이들을 이곳에 떼어놓는 편이 나을 것이란 생각이 들어 들리기로 했다.

근방에 녹림십팔채를 필두로 한 산적들이 많기로 소문이 났지만 느껴지는 인기척은 없었다. 동물의 숫자도 현저히 적은 것이, 무생은 마치 영생산에 있는 것 같은 착각을 받았다. 물론 영생산과는 달리 생기가 존재했지만 온몸을 휘감는 기묘한 느낌은 그다지 좋지 않았다.

촌락에 들어서자 마을사람들이 웃는 낯으로 반겼다. 인심 좋아 보이는 표정에 서문천과 팽가연의 얼굴이 밝아졌다. 무생은 여전히 조용히 있을 뿐이었다.

밭을 매고 있던 노인 하나가 허리를 일으키며 무생에게 다가왔다.

"외지에서 오셨소? 황산으로 통하는 길이니 황산에 가시려 하는구만!"

"그렇소."

"허허, 그래. 굳이 큰 마을에 들렀다 갈 필요 없지. 이쪽
은 지름길이니 아마 돌아가지 않아도 될 것이오."

노인은 사람 좋아 보이는 미소를 지으며 그렇게 말했다.

"혹시 머물 만한 객잔이 있나요?"

서문천이 묻자 노인은 잠시 생각하다가 고개를 저었다.

"객잔이랄 것은 없는데 저 밭 밑쪽에 있는 백가네 집이
숙박업을 시작한다고 하니 그리 가보시오. 허허."

노인은 입가에 진한 웃음을 짓고는 다시 일에 열중하기
시작했다.

"다행이네요. 황산 부근이 적막해서 걱정했는데 기분 탓
이었나 봐요."

"사형은 참, 걱정도 많네요."

서문천이 걱정을 지우며 그렇게 말하자 팽가연이 대답했
다. 무생은 일을 하고 있는 노인을 잠시 바라보다가 아무
말도 하지 않고 걸음을 옮겼다.

"숙박비는 제가 낼게요, 아저씨. 빚으로 생각하지는 말아
요."

"숙박비라……, 아마 받지 않을 것이다. 귀찮게 되었군."

"왜요?"

알 수 없는 말에 팽가연이 되물었지만 무생은 아무 말도
하지 않고 걸을 뿐이었다. 무생은 너무나 여유로운 표정이

었고 입가에 살짝 미소까지 띠고 있었다.

무생은 평화로운 풍경을 지나 노인이 알려준 집으로 향했다. 작은 규모의 촌락이었고 오가는 사람들이 적었기에 객잔은 따로 있지 않았다. 아는 사람만이 가끔 황산을 보기 위해 지나치는 정도였다.

촌락의 사람들은 다들 무생과 팽가연, 서문천을 보며 인사했다. 마치 고향에라도 온 것 같은 그런 분위기였다. 옹기종기 모여 있는 집들 중에서 그나마 제일 큰 집 앞에 선 무생이 문을 두들겼다.

그러자 중년의 여인이 나오더니 무생을 보고는 살짝 웃었다.

"어머, 외지에서 오셨나 봐요?"

"저 위쪽 밭에 있는 노인의 소개로 왔소."

"그리시군요. 최근에 숙박업을 시작했어요. 오늘은 좋은 날이니 돈을 받지 않을게요. 들어오세요."

무생의 말대로 돈을 받지 않자 팽가연과 서문천은 눈을 깜빡이며 무생을 바라보았다. 무생은 그들에게 시선을 주지 않고 여인을 따라 집 안으로 들어섰다.

집 분위기는 따듯했다. 전반적으로 백성들의 살림살이가 좋지 않았지만 이곳만큼은 그럭저럭 풍족하게 지내는 듯했다.

"오늘이 무슨 날이에요?"

팽가연이 묻자 방으로 안내해 주던 여인이 고개를 끄덕였다.

"산신제 기간이에요."

"아, 들어봤어요."

서문천이 고개를 끄덕이며 말했다. 황산에 산다는 산신을 기리는 제사였는데 황산 부근 마을의 전통이었다. 황산의 산신이 생로병사를 돌보아주고 마을을 지켜준다는 믿음에서 나오는 전통제사인 것이다.

"쓸 데 없는 짓을 하는군."

무생이 차갑게 말하자 여인은 잠시 당황했지만 빙긋 웃었다.

"믿음이란 건 중요하니까요."

여인은 그렇게 말하며 작은 방으로 안내했다. 집은 밖에서 보던 것보다 커서 여러 개의 방이 존재했다.

"잠시 후에 식사를 차려드릴 테니 나와서 드세요."

"아! 저! 감사합니다!"

서문천이 예를 표하자 여인은 진하게 웃고는 사라졌다.

"아저씨, 공짜로 먹여주고 재워주는 아줌마한테 왜 그렇게 퉁명스럽게 대해요?"

"음식은 먹지 않는 것이 좋을 것 같군."

무생은 그렇게 말하며 방 안으로 들어갔다. 팽가연과 서문천은 고개를 갸웃하다가 알 수 없다는 표정을 짓고는 다른 방으로 들어갈 뿐이었다.

第七章

제사

무생은 밤이 올 때까지 방 밖으로 나오지 않았다. 방 안은 그럭저럭 아늑했고 나름 편안했다. 물론 이 모든 게 겉과 같았다면 조금 더 편안히 쉬었을 것이다.

팽가연과 서문천이 조심스럽게 밖으로 나가자 무생이 자리에서 일어났다. 낮과는 달리 밤이 되자 풀벌레 우는 소리조차 들리지 않았다. 이 정도 적막감이 내려앉으면 아무리 바보라도 이상함을 눈치채는 것은 당연했다.

'그래도 완전 바보들은 아니었군.'

그들을 크게 인정하는 것은 아니었지만 근성만큼은 그럭

저럭 높게 샀다.

무생은 짙어지는 혈향에 고개를 설레 내저었다.

촌락에 들어오면서부터 은은한 혈향이 풍겨왔다. 낮에는 확실히 관측되지 않는 미세한 느낌이었지만 밤이 찾아오자 촌락뿐만 아니라 황산 전체에 퍼져 있음을 무생은 깨달았다. 황산과 그 근방에 무슨 수작이라도 부려놓은 듯했다.

이 정도 규모라면 뇌노가 영생산에 펼친 것과 비슷한 수준이었다. 물론 규모면에서 그런 것이지 질적인 면에서는 차이가 많이 났다.

'무슨 짓을 해놓은 거지?'

그다지 큰일이라 생각은 되지 않지만 흥미가 생겼다. 혹시 자신이 황산에 온다는 것을 알고 여는 환영행사인지도 몰랐다. 얼마 전까지만 해도 황산에 아무런 기색이 없었으니 말이다.

"흥미롭군."

무생은 대천지주라는 자가 자신을 알고 있다는 느낌이 들었다. 어쨌든 혈마인이 출현할 때마다 쳐부순 것은 무생이었고 지금은 혈교 자체를 지워 버리려 하고 있으니 말이다.

무생은 방 밖으로 나왔다. 집 안에는 인기척이 느껴지지 않았다. 무언가 고기 익는 냄새가 났지만 식욕을 불러일으키지는 않았다. 고기향에 수면향이 퍼져 있었기 때문이다. 게다가 강력한 산공독까지 섞여 있어 내공으로 일가를 이루지 못한 무림인이라면 저항하지 못하고 수면에 빠졌을 정도였다.

무생은 나쁘지 않은 냄새라 생각하며 집 밖으로 나왔다. 무심코 밤하늘을 바라본 그의 눈에 이채가 서렸다. 달이 무척이나 붉었다. 별이 보이지 않을 정도로 흐릿했지만 달만큼은 아주 밝게 빛나고 있었다.

과거 혈교가 득세할 당시 떠올랐다는 달의 모습과 무척이나 닮아 있었다. 그런 사실을 모르는 무생은 평소와는 다른 달의 모습이 아름답다고 생각할 뿐이었다.

"재미있군."

무엇을 보여줄지 궁금했다. 자신이 겪어온 그 이상의 것을 보여줄 수 있을까?

무생은 진정으로 그렇게 생각했다. 그 누가 자신을 이렇게까지 자극할 수 있을까? 무생에게 감정을 불어넣고 잠시나마 허무함을 잊게 만들 정도로 혈교란 곳은 쓸어버려야 하는 곳이자 흥미의 대상이었다. 여태까지 자신을 진정으로 분노시키고 방해한 집단은 없었으니 말이다.

무생의 모습이 어둠 속으로 스며들 듯 그렇게 사라졌다. 은밀함을 담은 무적수라보는 단지 신법만으로도 무음살을 가능하게 해줄 만큼 압도적인 무공이 되어 있었다.

지금은 그 누구도 무생의 모습을 발견할 수 없었다.

* * *

팽가연이 서문천과 함께 나온 것은 촌락의 수상함을 감지하고 나서부터였다. 무생에게 이 사실을 말할까 하다가 그는 이미 알고 있다는 것을 눈치챘다.

"사매, 그냥 방에 있던 것이 낫지 않았을까? 염마지존께서도 계시고……."

"지존 아저씨에게 도움이 될 기회예요. 혈교에 맞서 싸우는 것은 못하겠지만 그래도 정보 수집 정도는 해야지 무영쌍협의 명성이 살죠."

"그 별호를 아는 사람은 아무도 없는 것 같지만……."

서문천은 고개를 설레 저으며 말했다. 그래도 전과 다른 점이 있다면 검을 쥐는 데 주저함이 없었다. 두려움은 미지에서 나온다는 것을 혈강시 사건 때 깨달았고, 죽음에 가까운 경험을 하자 그런 감정은 거의 사라졌다. 지금은 겁쟁이보다는 조심성이 많은 성격으로 봐야 할 것이다.

'서문세가에서 내쳐진 건 어쩌면 이런 능력을 기르라는 것일지도 모르지.'

검가로 유명한 서문세가에 내쳐져 팽가연을 만났다. 같이 무영신투의 제자와 되고 제법 즐거운 나날을 보냈다. 무영신투는 무림의 모든 보물을 탐내라는 유언을 남기고 죽었고 둘은 그 유언을 지키는 중이었다. 그러다 만난 것이 바로 염마지존 무생이었다.

"몸을 빼는 데는 자신 있으니 위험하면 바로 빠지자."

"사형, 제법 멋있어졌네요."

팽가연이 하북팽가를 뛰쳐나온 이유는 단순했다. 팽하월과는 다른 방향으로 명성을 떨치고 스스로 좋은 남자를 고르고 싶은 마음에서였다.

장차 엄청난 미공자가 될 서문천을 발견했지만 겁이 많은 심성 때문에 아쉬웠는데 지금은 어엿한 사내장부가 되어 팽가연의 마음을 뒤흔들었다.

'더 키워서 데려가야겠어.'

그런 생각을 모르는 서문천은 팽가연의 말에 어깨를 으쓱하고는 은밀하고 능숙하게 무영신법을 신법을 전개했다. 서문세가의 신법을 버린 지 오래였고 스스로 자신에게 벌을 주어 신법을 제외하고는 오직 서문세가의 검법만을 익히고 있을 뿐이었다.

"끔찍한 밤이네요."

"응. 이런 밤은 본 적이 없어."

"귀신이라도 나올 것 같…… 어? 사형! 저기!"

팽가연이 발견한 것은 촌락의 중심에 모여 있는 사람들이었다. 촌락의 사람들은 하얀 천 같은 것을 두르고 있었는데 몸이 불편한 노인이나 장애가 있는 자들을 천천히 데리고 오고 있었다.

"무엇을 하려는 걸까요? 그 산신제를 지내는 걸까요?"

"음……, 그건 아닌 것 같은데."

팽가연과 서문천은 촌락 중앙 근처에 있는 곡물창고 옆에 숨어 그들이 하는 것을 지켜보았다. 무영신투의 신법 특성상 은밀함을 최고로 치기 때문에 팽가연과 서문천의 실력은 일류에 갓 들어갔지만 은밀함으로는 절정 무인과 맞먹었다.

촌락 사람들은 무공을 익힌 흔적이 없어 보이니 자신들을 발견할 수 없을 거라 생각했다. 촌장으로 보이는 노인이 지팡이에 몸을 의지한 채 중앙에 놓여 있는 장작불로 다가왔다.

중앙 여기저기 장작불이 놓여 있었고 어떤 제단 같은 것이 만들어져 있었다.

"위대하신 대천지주를 받들어 모시며 그분의 은혜를 받는 혈마강림제사를 시작하겠소."

혈마라는 말이 들리자 팽가연과 서문천은 살짝 몸을 떨

었다. 팽가연이 놀라 소리를 지를 뻔했지만 다행히 서문천이 팽가연의 입을 막았다.

촌장이 손을 들자 한쪽에서 촌락의 장정들이 포박한 사람들을 끌고 왔다. 온몸이 마비가 된 듯 눈만 동그랗게 뜨고는 반항조차 못하고 있었다.

몇몇은 팽가연이 인상착의를 알고 있는 무림인이었다. 나름 자기 지역에서 이름을 떨치고 있는 절정 고수였다. 그런 고수들이 허망하게 잡혀 장정들에게 들려오고 있는 것이다.

촌장이 다시 손짓하자 마련된 제단에 그들을 올려놓았다. 꼼짝 못하고 눈만 굴리는 모습은 엄청난 두려움에 빠져 있다는 것을 알려주었다.

분위기가 달라진 것은 촌장이 지팡이를 바닥에 내려놓으면서부터였다. 촌장의 안광이 번쩍이더니 몸에서 혈마기가 치솟았다.

"으……, 으으!"

"사, 살려……!"

제단 위에 놓여 있는 무림인들은 힘겹게 몇 마디를 입에 머금었지만 혈마기를 뿜어낸 촌장이 손을 뻗는 순간 오로지 비명만을 내뱉어야만 했다.

"끄아아아악!!"

"까아아악!"

제단 위에 놓여 있는 무림인들의 몸이 쪼그라들기 시작했다. 그들이 가지고 있던 내공과 선천지기는 모조리 혈마기로 바뀌어 주변으로 퍼져나갔다. 혈마기가 주변을 잠식하자 촌락의 사람들은 두 손을 뻗으며 감동 어린 표정을 지었다.

"우, 우오오오! 기적이다!"

"대천지주께서 은혜를 내려주셨도다!"

노인들은 건강해지고 몸이 불편한 자들은 정상인이 되었다. 촌장 역시 한층 젊어진 모습이 되어 피어오르는 혈마기를 바라보며 인자한 웃음을 머금었다.

촌락에서 피어오른 혈마기는 바람을 타고 황산으로 뻗어갔다.

"화, 황산이……."

"붉게 변했어."

서문천과 팽가연은 붉게 물드는 황산을 바라보며 넋을 잃고 말았다. 황산 근처에 모든 민가에서 뿜어져 나오는 혈마기가 황산을 자욱하게 뒤덮고 있는 것이다.

얼마나 많은 사람들이 희생되었는지 감조차 잡히지 않았다.

"오늘의 수확은 좋았군. 무림인은 혈마기를 만들 좋은 재료이네."

"촌장님, 백가네에 있는 무림인 셋도 데려올까요?"

"음! 대천지주께서 흡족해하실 것이네."

촌장에게 허락을 구하는 장정들 역시 혈마기를 조금씩 뿜어내고 있었다. 촌장은 제법 진한 혈마기를 몸에 두르고 있었는데 그 정도라면 절정 무인이라도 상대하기 힘들 지경이었다.

팽가연과 서문천은 위기감에 몸을 흠칫 떨었다.

"사, 사형. 아, 아무래도 황산 전체가……."

"혈교의 소굴인 것 같아."

촌락의 정체를 안 이상 지금이라도 도망쳐야 했다. 이 부근은 모조리 혈교의 영향권 안에 들어가 있었고 그 본색이 드러난 이상 무언가가 일어날 것임에 틀림없었다.

팽가연은 아직 발견되지 않았음을 다행으로 생각했다. 팽가연이 막 뒤를 돌아 조심스럽게 물러나려 할 때였다.

"여기 계셨네요?"

"꺄, 꺄앗!"

팽가연의 뒤에 서 있는 것은 집에 공짜로 묵게 해준 친절한 여인이었다. 조신한 모습은 낮과 똑같았지만 기묘한 붉은 안광은 두려움을 자아냈다. 서문천은 재빨리 팽가연의 곁에 서며 검을 뽑았다.

"그냥 조용히 재물이 되었으면 편했을 것을, 왜 고생을 자초하는지 모르겠어요."

"아, 아줌마도 혀, 혈마인이었어?"

팽가연의 두려움 섞인 목소리에 여인은 요사스러운 미소를 지었다. 혈마기를 흡수했기 때문인지 낮보다 더 젊고 아름다운 모습이었다.

"대천지주님의 신민일 뿐이에요."

여인은 특별히 무공을 익힌 것 같지는 않았지만 몸에서 혈마기가 새어 나오고 있었다. 그것만으로도 정파무공을 지닌 자들에게는 최고의 독이 되었다. 팽가연과 서문천은 다급히 내력을 끌어 올리며 침투해 오는 혈마기에 대항했다.

"허허, 백가네에서 빠져나온 건가. 무르군."

"죄송합니다. 촌장님."

"사과할 것 없네. 어차피 곧 재물이 될 것이니."

촌장이 팔을 뻗자 지팡이가 손에 쥐어졌다. 단순한 촌장인 것 같지는 않았다. 허공섭물을 펼치는 자가 이런 외진 곳에 촌장으로 있지는 않을 테니까 말이다.

"혈마강림제를 직접 본 것을 영광으로 알게. 역사상 처음으로 발현된 것이고 앞으로도 더욱 완벽해질 것이니."

"다, 당신은 도대체 누구죠? 어, 어째서 이런 짓을……!"

팽가연의 말에 촌장은 인자한 미소를 지을 뿐이었다.

"한때는 백도무림의 인물이었으나 지금은 혈신의 신민인 촌부라 해두지."

촌장이 지팡이를 휘두르자 혈마기가 뿜어졌다. 서문천은 다급히 내력을 일으켜 막았지만 뒤로 튕겨져 나갔다.

"사, 사형!"

촌장이 다시 한 번 지팡이를 휘두르자 팽가연이 역시 별다른 대항을 하지 못하고 무릎을 꿇었다. 그들로서는 혈마기에 대항할 방도가 없었다.

"미색이 제법 있군. 정순한 혈옥을 얻을 수 있겠어."

흡족하게 웃은 촌장은 정장들을 시켜 팽가연과 서문천을 포박한 뒤 제단 위에 올렸다.

"나, 나를 놔주지 않으면 후, 후회하게 될 거야! 나, 나는 하북팽가의 둘째, 패, 팽가연이라구!"

"오대세가 역시 혈신 앞에 사라질 이름이란다. 아해야."

촌장은 여전히 인자한 미소를 그릴 뿐이었다.

팽가연은 공포에 질려 있었지만 서문천은 오히려 침착했다. 믿는 구석이 있었기 때문이다.

"남자라는 것이 아쉬운 아해로구나. 허허허. 당돌한 계집보다 미색이 뛰어나니 하늘이 장난을 친 것인가."

팽가연이 두려운 와중에서도 얼굴이 잔뜩 찌푸려졌다.

서문천은 그런 말을 많이 들어왔기에 한숨을 내쉴 뿐이었다.

"그럼……, 좋은 재물이 되게나."

촌장이 제단으로 향해 혈마기를 뿜어내려 할 때였다.

"차라리 그렇게 묶여 있는 것이 낫겠어."

촌장의 눈이 크게 떠졌다. 뒤에서 들려오는 음성 때문이었다. 자욱한 혈마기 속에서 기척을 감지하지 못한 것은 이번이 처음이었다. 촌장은 당황한 표정을 감추고 고개를 돌렸다.

"그래, 이곳이 혈교인가?"

촌장과 얼마 떨어지지 않은 곳에서 벽에 등을 기대고 있는 검은 무복의 사내가 있었다. 누구보다도 잘생긴 외모에 여유로운 분위기를 몸에 두른 사내는 무림인들뿐만 아니라 이제는 일반 백성들도 다 아는 염마지존 무생이었다.

*　　　*　　　*

무생은 천천히 주변을 둘러보는 중이었지만 혈마기가 발현되는 순간 이미 그곳에 당도해 있었다. 혈마기는 이제 익숙하게 느껴는 것이었고 잊을 수 없는 기운이었다.

혈마기 따위는 무생에게 아무런 영향을 끼치지 못했다.

자욱한 혈마기가 오히려 무생을 피해갔다. 무생의 몸에서 은은하게 피어오르는 황금빛 선천지기는 그 어떤 기운도 불허하는 정순한 기운 그 자체였다.

무생이 당도한 순간 보이는 것은 제단 위에 놓인 서문천과 팽가연이었다. 무생은 저들도 참 혈교와 인연이 깊게 닿았다고 생각했다. 그리고 차라리 저렇게 포박당해 있는 편이 조용하고 좋다고 생각했다.

무생의 감상평이 들리는 순간 모두가 움찔하며 그를 바라보았다. 무생은 황산을 뒤덮어 가는 혈마기를 감상하였다. 황산 어딘가에 혈교가 숨어 있으리라 생각했지만 그것은 잘못된 생각이었다.

황산 자체가 그들의 영역이었고 그들의 생산지였다.

"그래, 이곳이 혈교인가?"

이보다 혈교라는 이름과 잘 어울리는 광경이 있을까?

짙은 혈향 속에서 드러난 황산은 절경이라 칭송받는 그 자태가 아니었다.

무생은 천천히 고개를 돌려 촌장을 바라보았다. 촌장은 단박에 무생이 보통 자가 아님을 깨달았다.

"누구시길래 제사를 방해하는 것이오?"

"방해는 네놈들이 먼저 했지."

무생은 천천히 촌장의 앞으로 걸어왔다. 무생이 가까이

올수록 서문천과 팽가연의 얼굴이 펴졌다.

"흐어어엉! 아저씨!"

팽가연은 눈물을 흘리며 무생을 불렀다. 무생은 웃음을 내뱉으며 고개를 설레 저을 뿐이었다. 촌락의 장정들이 혈마기를 뿜어내며 무생을 경계했다.

촌장이 고개를 끄덕이자 촌락의 장정들이 달려들었다. 혈마기를 뿜어내는 모습은 충분히 위협적이었다. 혈마기가 워낙 짙은 탓에 절정 이상의 무공을 지니지 않는 이상 대응하기 힘들어 보였다.

하지만 무생은 그들을 보고 있지 않았다. 무생의 입장에서 혈마인들은 날아다니는 나방과 별로 다를 바가 없었기 때문이다.

귀찮게 날아다니는 나방들을 구태여 바라볼 필요가 있을까?

지금 무생의 마음이 딱 그러했다. 무생은 촌장에게 시선을 고정하며 다시 천천히 걸어갔다. 달려드는 나방 떼에게는 전혀 신경을 쓰지 않았다.

"끄, 끄아아악!"

"커헉!"

"모, 몸이!"

무생의 지척에 당도한 순간 오히려 그들의 몸이 터져나

갔다. 무생의 주변에서 한 차례 황금빛 불꽃이 일었다. 무생의 선천지기가 혈마기를 압도하며 주변을 휩쓸었다. 괴로움에 몸부림치고 있는 혈마인들을 스쳐 지나가자 그들의 몸이 부서지며 가루가 되어 떨어져 내렸다.

그 모습에 촌락의 사람들은 모두 경악을 머금었다. 지금껏 그 누구도 혈마기에 대항하지 못했는데 눈앞에 있는 사내는 달랐다. 대천지주의 은혜를 입은 근 삼십 년간 이런 일은 처음이었다.

"이 촌부가 나서도록 하지."

촌장이 나선다고 하자 촌락 사람들은 안심하는 눈치였다. 무생은 촌장과 거리를 조금 두며 멈춰 섰다. 촌장은 지팡이를 들고 무생을 바라보았다. 촌장이 내뿜는 혈마기는 무척이나 탁한 종류의 것이었는데 그것이 무생과 너무나 대비되었다.

"죽을 나이가 지났는데 잘도 살아 있군."

"허허, 모든 것이 다 대천지주님의 은덕이네."

"궁금하군. 그 대천지주란 놈이 말이야."

촌장의 붉은 안광에서 점차 살기가 맺히기 시작했다. 인자한 웃음은 그대로였지만 분위기 자체가 너무나 살벌했다. 일대종사까지는 아니지만 어느 정도 한 분야에 대가를 이룬 자의 기도였다. 존재감이 주위를 짓눌렀지만 무생은 전혀 그런 것 따위는 느끼지 못했다.

"그분은 신이네. 혈마존을 넘은 불사의 혈신."

"별종이라는 것 하나는 인정해 주도록 하지."

무생이 천천히 선천지기를 개방하자 촌장의 존재감이 씻은 듯 사라졌다. 오히려 촌장이 무생의 압도적인 기도에 짓눌려 가고 있었다. 그것은 단순한 존재의 격이 달랐기 때문이다.

촌장은 인정할 수 없다는 듯 더욱 진한 혈마기를 뿜어내며 자세를 잡았다. 무생이 천무형 당시 본 자세와 매우 흡사했다.

"무당파였던가?"

무생의 말에 촌장은 고개를 끄덕였다.

"도로는 그 누구도 구제할 수 없네. 그것을 깨닫는 데 많은 시간이 걸렸지."

"무당파 늙은이들은 모두 특이하군. 내가 아는 의선이란 자 역시 그러했지."

"그 녀석이 살아 있는 날 보면 무척이나 놀라겠군."

무생은 고개를 저었다.

"그럴 일은 없을 것이다. 곧 죽을 테니."

"길고 짧은 것은 대봐야 아는 법이네. 젊은이."

무생은 촌장의 마지막 말에 웃음을 흘렸다. 자신이 젊다고 생각한 적은 단 한 번도 없었다. 어느 누구보다 긴 세월을 살아온 자신이 젊다는 것은 말이 되지 않는 일이었다.

촌장은 지팡이를 뻗어 자세를 잡았다. 치솟던 혈마기가 혈마강기가 되어 지팡이에 맺혔다. 태극검법의 자세였지만 태극의 묘리를 포함한 것이 아니라 마치 삶과 죽음을 이야기하고 있는 것 같았다.

"지금 무림에 나선다면 십제 안에 들겠지. 그런 나조차도 그저 이런 촌락의 촌장일 뿐이네."

촌장의 인자한 웃음이 조금은 씁쓸한 웃음으로 바뀌었다. 그와 동시에 촌장의 모습이 사라졌다. 촌장이 펼치는 신법은 칠성둔형(七星遁形)이었다. 북두칠성을 가로지르는 혜성과도 같은 몸놀림이었다.

혈마강기를 휘두르는 붉은 혜성이 되어 무생의 앞까지 당도했다.

휘이익!

무생은 자신의 목을 향해 찔러 들어오는 지팡이를 보고도 아무런 반응도 보이지 않았다. 태극검법의 묘리와 촌장이 혈마기를 접하면서 얻은 깨달음이 섞여져 있었다. 부드러워 보였지만 거칠었고 정순한 것 같았지만 무척이나 탁했다.

호신강기마저도 단번에 뚫어버릴 위력으로 보였다.

하지만 상대가 나빴다. 어떤 강기보다 우위로 두는 혈마강기조차 무생에게는 닿지 않았다.

타앙!

혈마강기를 두른 지팡이가 무생의 목 앞에 멈춰 섰다. 무생의 선천지기가 피부에 닿음을 윤허하지 않은 것이다. 지팡이가 부들부들 떨렸다. 혈마기가 촌장의 신체 능력을 입신의 경지까지 끌어 올려주었지만 지팡이는 한 치의 미동도 없었다.

"으음!"

촌장이 신음성을 내뱉는 순간 무생의 손이 움직였다.

스르륵!

촌장의 몸이 뒤로 밀려났다. 그와 동시에 무생의 손이 말아 쥐어졌다. 무생은 딱히 선천지기를 개방할 필요성을 느끼지 못했다. 촌락의 초라한 촌장을 상대하는 데에는 그저 노인이 썼던 주먹질이면 충분했다.

무생은 광노가 보여준 주먹질을 그대로 재현해 보기로 했다. 딱히 전부를 보지는 않았으나 광노의 깨달음이 전해졌고 무생은 그것으로 모든 형을 재현해 낼 수 있었다.

'천마신공이라 했던가.'

콰앙!

무생이 천마신공이라는 이름을 떠올리자 무생의 주변에

일렁거리던 황금빛 선천지기가 검은 빛을 띠기 시작했다. 그것은 광노가 신선으로 화하기 전에 뿜어내던 기운과 흡사했다. 모든 것의 근본을 포함하고 있는 것처럼 무생의 선천지기는 무생의 의도대로 변화하였다.

무생의 주변에서 검은 기류가 치솟자 촌장의 눈이 크게 떠졌다.

"그, 그 무공은……?!"

혈마존의 무공과 쌍벽을 이룬다는 천마신공을 촌장은 알아보았다. 천마신공을 대성하게 되면 내력을 끌어 올리는 것만으로도 검은 호신강기가 몸을 보호한다고 알려져 있었다. 그것은 혈마기도 뚫을 수 없는 마공의 극치였다.

"나름 쓸 만하군."

무생은 그런 평가를 내뱉고는 광노의 모습을 그대로 자신에게 투영했다.

파바박!

무생의 모습이 사라졌다. 무생이 펼친 것은 무적수라보가 아니었다. 무적수라보의 위력을 극히 줄인 것으로도 보이는 광노의 천마군림보였다.

검은 잔상이 여기저기서 나타났고 너무나 빨라 움직임을 예측할 수 없었다. 무생의 입꼬리가 올라가는 순간 천마군림보를 시전하고 있는 무생의 자세가 일변했다.

천마신권.

무생이 펼친 것은 천마신권이기는 하지만 그 형은 천마신권을 그대로 재현하지 않았다. 오히려 광노가 말년에 얻은 깨달음으로 재편성한 움직임을 재현하고 있었다. 무생은 이것을 광마신선(光魔神仙)이라 이름 붙이기로 했다.

검은 권강이 촌장이 두른 혈마기를 두드렸다. 호신강기처럼 펼쳐져 있는 촌장의 혈마기가 맥없이 흩어졌다.

"커커컥!!"

무생이 평소에 펼치는 주변지물을 모조리 파괴하는 천무권의 위력은 아니었지만 촌장 하나를 박살 내기에는 충분했다.

촌장의 주요 혈맥에 검은 권강이 박혀들어 갔다. 살을 찢고 근육과 뼈를 부수었다. 주변에 일렁이는 혈마기가 촌장의 육체를 회복시켜 주려 했지만 무생의 마지막 주먹이 뻗어졌다.

콰가가가!

무생의 주먹이 혈마기를 가르는 순간 마지막 일격이 촌장의 단전을 부수었다. 촌장의 배에 커다란 구멍이 생겼다. 혈마기조차도 그것을 회복시키지는 못했다. 주요 혈맥과 단전이 박살난 이상 혈마기를 유통시킬 수 있는 기관이 없었기 때문이다.

"쿨럭!"

촌장은 피를 토하고는 털썩 무릎을 꿇었다. 촌장은 무생을 천천히 올려다보며 입을 떼었다.

"천마…… 신공!"

천마신공은 혈교와 관련이 많은 무공이었다. 혈마신공보다 천마신공을 더 높게 쳐주었다. 천마신공은 사라졌다고 알려졌지만 촌장은 그것이 사실이 아니란 사실에 경악했다.

"이름이 뭐요."

촌장이 물었다.

"내 이름은 알 것 없고 이건 단마천의 주먹질이오."

"단마천……! 마지막 천마지존의 이름이군."

털썩!

촌장이 앞으로 고꾸라지며 절명했다. 그러자 촌락의 사람들이 부들부들 떨며 주춤거렸다. 그것은 백가의 여인 역시 마찬가지였다. 백가의 여인은 품에서 단도를 꺼내 제단 위에 있는 팽가연의 목에 겨누었다.

"여기서, 여기서 그만둘 수는 없어!"

촌락의 사람들은 도망치기 시작했지만 여인은 아니었다.

"대천지주께서 내, 내 아이를 살려주실 것이다! 재물을 계속 바친다면……!"

"아이가 죽었나 보군."

무생이 담담하게 말하자 여인은 안색이 새파랗게 변했다. 희미한 과거의 기억 속에서 저런 상태의 여인들도 꽤나 많았다. 죽음을 받아들이지 못하고 기이한 방도들을 맹신하는 자들 말이다.

"죽은 자는 돌아오지 않아. 차라리 그것보다 불사가 쉽겠지."

무생은 천마신공의 기색을 모두 지웠다.

"목숨으로 목숨을 연명한다니 귀신이 따로 없군."

사람이 사람을 잡아먹는 일은 흔하지는 않지만 아예 없는 일도 아니었다. 무생은 도망치는 사람들과 붉은 달 밑의 촌락을 바라보며 선천지기를 개방했다.

무생록(無生錄) 이식(二式).

염강기가 뿜어져 나가며 혈마기를 모조리 날려 버렸다.

염옥강림.

무생의 염강기는 마치 용처럼 꿈틀거리며 뻗어나가 혈마기를 지닌 모든 자들에게 작렬했다. 그것은 여인 역시 마찬가지였다.

고통 어린 비명을 질러대며 시체조차 남기지 않고 불타

사라졌다. 무생은 담담히 그 광경을 바라보다가 손을 뻗어 팽가연과 서문천의 포박을 풀어주었다.

"고, 고마워요."

"덕분에 살았습니다."

무생은 핼쑥해진 팽가연과 서문천의 얼굴을 보며 작게 웃음을 터뜨렸다.

꼬르륵!

그때 팽가연의 배에서 꼬르륵 소리가 났다. 굳어 있는 분위기와 어울리지 않는 반응에 무생과 서문천이 바라보자 팽가연은 얼굴을 붉혔다.

"워, 원래 팽가의 자식들은 하루에 네 끼를 먹는다구요."

"하긴, 팽하월도 많이 먹는 편이었지."

"네? 어, 언니를 아세요? 아, 그러고 보니 언니와 염마지 존이 관계가 있다는 그런 소문도 있었는데⋯⋯?"

무생은 팽하월의 말에 대답하지 않고 백가네 집을 바라보며 입을 때었다.

"저기서 끼니나 때우고 있거라."

그렇게 말하며 무생은 붉게 물든 황산을 바라보았다. 소나무가 많기로 유명한 황산이 마치 단풍이라도 든 모습이었다.

第八章

대천지주

검노의 모습이 황산에 나타났다. 광노 정도의 깨달음은 없었지만 검노 역시 광노와 함께 그 시대를 풍미했던 자였다. 이미 반선의 경지를 이루었고 광노와 무생의 일전을 시작으로 그 깨달음은 더욱 깊어졌다.

검노가 우화등선을 하는 것은 시기의 문제였다. 무림에 대한 걱정과 무생에 대한 미련이 그의 발목을 잡고 있었다. 뇌노 역시 마찬가지였다. 다만 스스로 신선이 되는 길을 거부했기에 무생의 곁에 가장 오래남아 있을 자가 있다면 뇌노일 것이다.

"혈마기로군."

검노는 황산으로 빨려들 듯 일렁이는 혈마기를 보며 담담한 어조로 말했다.

"예전에 보던 것보다 훨씬 대단해. 아무래도 혈마, 그 친구가 많이 외로웠던 모양이야. 설마 살아 있으리라고는 생각지 않았는데 말이지."

검노의 뒤에 안개처럼 나타난 뇌노가 그렇게 말했다. 뇌노는 뒷짐을 지며 황산을 바라보았다.

"피에 미쳐서 날뛰던 놈이 외롭기는 무슨. 혈마의 잔재를 구십 년 전에 광노가 확실히 처리했다고 했는데 역시 아니었군."

"뭐, 광노 그 친구가 큰 부상을 입어 제정신이 아니었지 않나."

검노와 뇌노의 대화였다. 그들은 모두 혈마와 일면식이 있었다. 그것은 득도촌이 생기기 전, 무림이 가장 혼란스러웠던 시기였다.

"일단 나는 황산에 기문진을 설치해 보도록 하겠네."

"그럼 나는 오랜만에 혈마와 만나겠군. 과거의 일에 무생이 나설 필요는 없겠지. 어쩌면 무생의 천기는 우리를 만났을 때부터 생긴 것일지도 모르네."

검노는 남궁소연과의 만남으로 무생의 천기가 생겼다고

보았었지만 광노가 우화등선 한 후, 혈마존의 존재를 확인했을 때 그것이 틀렸다고 깨달았다.

"죽지 않았는가. 혈마."

무수한 세월 속에서 검노는 혈마가 확실히 죽었다고 생각한 적도 있었다. 구십 년 전에 확실히 광노가 박살을 냈다고 했으니 그것을 믿은 것이다.

스스로 마교에 미련을 끊기 위해 혈마와 혈마의 잔재들과 싸운 것이 바로 광노였다. 광노는 싸움 끝에 큰 부상을 입었고 그때 무생을 만났다.

뇌노가 사라지는 순간 검노의 신형 역시 흐릿해졌다. 검노의 신법은 무당의 것이었지만 이미 그것을 초월한 지 오래였다. 구름 위를 나는 용과 같은 모습이었다.

검노는 혈마기를 뚫고 과거에 기억 속에 있는 정자를 찾아갔다. 천 년을 지낸 나무로 만들어놓은 정자라 그것이 세월에 깎일 일은 없었다.

검노가 도착했을 때 이미 누군가 있었고 먹음직한 음식과 술이 차려져 있었다.

"왔는가."

정자에 앉아 있는 것은 순백의 옷을 입고 있는 미남자였다.

"무림에 무슨 미련이 남았는가. 혈마, 아니……."

검노의 시선이 그에게 닿았다.

"마현천."

마현천은 입가에 미소가 서렸다. 마현천은 가만히 서서 자신을 바라보는 검노와 눈을 맞추었다.

"무당의 무적신검 역시 세월을 이기지 못했군."

마현천과 대조적으로 검노는 노인의 모습이었다. 검노는 가볍게 발을 굴러 정자로 천천히 다가왔다. 술을 따르고 있는 마현천과 거리를 두며 섰다.

"우리 연배쯤 되면 끊는 법을 배워야 하네."

"천마지존도 그렇게 말하더군. 그자 덕분에 계획이 구십 년 더 뒤로 밀려났지."

마현천의 표정이 굳어졌다. 그러다가 곧 다시 웃는 낯으로 돌아왔다.

"하지만 오히려 그것이 다행이라 생각하네. 덕분에 나는 완전무결한 불사신을 발견했거든."

"설마……."

검노의 얼굴이 굳어졌다. 마현천이 말하는 완전무결한 불사신이 누구를 뜻하는지 알았기 때문이다. 검노가 살짝 신음을 흘리며 고개를 설레 내저었다.

"자네로서는 이룰 수 없는 꿈이라네."

"아니."

마현천이 술잔을 내려놓으며 자리에서 일어났다. 살짝 손을 들어 보이자 그곳에 혈마기가 뭉쳐 혈옥이 만들어졌다.

"이미 반쯤은 이루었어. 혈마인이나 다른 것들은 모두 그저 스쳐가는 장난일 뿐이네. 중요한 것은……."

마현천이 주먹을 쥐자 혈마강기가 폭사되며 주변을 내리눌렀다. 검노는 손을 휘저으며 다가오는 혈마강기를 쳐냈다.

"그들 모두의 목숨이 나의 생명이 된다는 것이지."

"그것을 진정한 불사지체라고 보지는 않네. 단지 목숨을 먹고 연명하는 요괴일 뿐이야."

마현천은 검노를 바라보며 웃음을 터뜨렸다. 검노 역시 그러했다.

그들은 과거에서도 이렇게 부딪혔다. 그때 당시에는 서로 죽기 살기로 무공을 겨루었고 양패구상을 한 적이 있었다. 마현천이 유일하게 이기지 못한 자는 바로 천마신공의 주인인 광노였다.

"천마지존은 없고 나를 막을 자는 단 한 명뿐이다. 물론 천마지존이 다시 나타난다고 해도 내 상대는 되지 않을 것이네."

"광오하군. 내 검을 받아보겠는가?"

"그것도 좋겠지. 지긋지긋한 인연을 이 자리에서 끊어버리겠어."

검노가 손을 뻗자 허리춤에 있던 검이 그의 손에 빨려들어 왔다. 그것은 무생이 만들어준 검이었다. 검노는 검을 쥐는 순간 자신의 운명을 예감했다.

긴 숨을 내뱉고는 검집을 버리며 검을 천천히 들었다. 마현천은 단지 자리에서 일어나 검노를 바라보고 있을 뿐이었다.

"좋군."

마현천이 그렇게 말하는 순간 검노와 마현천 중간에 있는 돌들이 가루가 되었다. 검노의 내기와 마현천의 혈마기 싸움은 백 년을 넘게 버텨온 정자를 단숨에 부서지게 만들었다.

정자가 부서져 내리는 순간 검노의 신형이 사라졌다. 검노는 단 한 일격에 모든 것을 걸었다. 마현천과의 겨룸은 단 한 초식으로도 충분했다.

검노는 득도촌에서 깨달은 모든 것을 무생이 만들어준 검에 담았다. 무림에서 그 누구도 검에 대한 이해도가 검노보다 높지 않을 것이다.

검노는 검을 위에서 아래로 내리 그었다. 단순한 동작이었지만 검노가 이룬 모든 것이 담겨 있었다. 이것이 검으로

이룰 수 있는 최고의 경지인지도 모른다,

그 앞에 무엇이 있든 검노가 베고자 한다면 베일 것이다. 검노는 단 한 존재만 빼고는 무엇이든 벨 수 있다고 자신했다.

그것은 바로 무생이었다. 무생의 피부에 살짝 흠집이라도 낸다면 그것으로 자신의 인생은 족하다고 생각했다.

허나 눈앞에 있는 마현천은 자신이 못 벨 리 없었다. 의지를 담은 검이 그렇게 고하고 있었다. 하지만 불안감이 밀려오는 이유는 무엇 때문인가?

검노는 불안감을 받아들였다. 검을 들었을 때부터 예감하고 있었다. 검노의 검에서는 어떠한 기운도 느껴지지 않았다. 하지만 주변의 자연지물이 모두 검의 흐름에 동조하고 있었다.

자연의 기운을 담고 있는데 느낄 수 없는 것은 당연했다.

사륵!

마현천의 몸이 베어졌다. 공간 자체가 분리되는 듯한 느낌이었다. 마현천의 몸이 서서히 기울기 시작했다.

탁!

하지만 마현천은 쓰러지지 않았다. 마현천의 베어진 상처에서 짙은 혈마기가 뿜어져 나왔다.

"음……!"

검노가 뒤로 물러섰다. 마현천의 몸을 뒤덮어 버리기 시작한 혈마강기는 순식간에 마현천의 몸을 본래의 모습으로 되돌렸다. 그것은 상처의 회복이 아니라 마치 시간을 되돌린 듯한 모습이었다.

"순리를 따라서는 나를 이길 수 없어."

마현천은 그렇게 단언했다. 검노의 무공은 가히 신선이라 불릴 만한 것이었지만 마현천과 동일 선상에 놓일 수는 없었다.

"역천인가."

마현천은 부드럽게 웃었다. 짙은 혈향 속에서 아름다운 미소가 지어졌다. 순간 마현천의 손에서 짙은 수강이 떠올랐다. 혈마강기가 집약된 막강한 형태의 수강이었다.

"잘 가시게."

마현천이 그렇게 말하자 혈마강기가 주위를 덮었다. 붉은 황산이 더욱 붉어지며 하늘에서 피가 내렸다. 하나하나가 막강한 기운을 담은 혈마기였다.

"혈우……."

검노가 중얼거리듯 말했다. 검노의 하얀 옷이 붉은빛으로 물들었다. 그러는 순간 마현천의 손이 뻗어졌다.

콰가가가!

"흐읍!!"

검노가 검을 들어 밀어닥치는 혈마강기의 파도에 대항했다. 검노의 전신내력은 누구보다도 중후했지만 마현천이 쌓아올린 목숨의 숫자는 검노를 가볍게 능가했다. 무려 반백 년 동안 차곡차곡 쌓아올린 목숨이었다.

검노의 검이 혈마강기를 버티지 못하고 두 동각 났다. 검노의 눈에서 안타까움이 스쳐 지나갔다.

득도촌에 들어와서 낡은 검을 휘두를 당시에 무생이 며칠 동안 만들어준 검이었다. 그 후, 항상 검노와 함께했으니 그의 분신이라 불릴 만했다. 선계에 든다고 해도 이만한 검을 찾기란 힘들 것이다.

검노는 검이 부러지자 절망감 대신 시원한 감정이 찾아왔다.

'내 역할은 여기까지로군.'

혈마강기의 파도가 검노를 휩쓸었다. 주변 숲이 쑥대밭이 되었지만 검노는 초연하게 서 있었다.

하지만 입가에 흐르는 피가 큰 내상을 입었다는 것을 알려주었다.

검노는 들끓는 내기를 억누르면서 마현천을 바라보았다.

"신검이긴 신검인 모양이군. 버텨내다니 말이야."

"도대체 얼마나 많은 목숨을 희생시킨 건가."

"잘 기억이 안 나는군."

마현천은 그렇게 말하며 인상을 살짝 찌푸렸다.

"자네도 알다시피 아직 나는 많이 불완전하지. 스스로 과거를 뛰어넘어 혈신이라 불릴 만하지만 불사지체를 이루지는 못했네. 아무리 많은 사람을 죽여 흡수한다고 해도 주어진 기간에는 한계가 있는 법."

마현천은 부드러운 어조로 그렇게 말하며 검노를 바라보았다.

검노는 마현천의 의도가 서서히 이해되었다. 검노의 눈이 급격히 흔들렸다.

"무생!"

검노가 무생을 부르며 탄식했다. 마현천은 고개를 끄덕였다. 검노는 황산 전체가 거대한 혈마기로 이루어진 기문진이라는 것을 깨달았다.

"자네는 그를 당해낼 수 없네."

"유혹할 수는 있지."

"무엇을……?"

마현천의 대답을 검노는 미리 알 수 있었다.

"죽음."

검노는 비틀거리며 물러났다. 하지만 육체가 그의 정신을 따라오지 못했다.

침투한 혈마강기는 착실히 검노의 육체를 마구잡이로 파

괴하고 있었다.

'무생, 자네는 선택해야만 해.'

마현천이 검노의 목숨을 끊으려 다가오려는 순간 한 차례 폭발이 있었다. 마현천의 시야를 가린 것은 자욱하게 치솟는 독연이었다.

나타난 것은 독노였다. 독노는 침투해 오는 혈마강기를 그대로 맞으며 검노를 안아 들고 몸을 날렸다. 마현천이 손을 뻗어 숲을 쓸어버리는 혈마강기를 뿜어냈지만 간신히 독노의 몸을 스치고 지나갔다.

"끈질기군."

마현천은 손을 털며 혈마강기를 모두 회수했다. 그리고는 황산 밖 저 먼 곳을 바라보았다.

그곳에는 각자 다른 생각을 품은 많은 무림인들이 몰려오고 있었다.

"볼 만한 광경이 되겠어. 혼란 뒤에 세상이 바뀌는 법이지."

마현천이 그렇게 중얼거리자 그의 뒤에서 검은 피풍의를 입은 시체와도 같은 자들이 소리 없이 나타났다. 그들은 얼굴이 없었고 단지 명령을 듣기 위한 귀만 있을 뿐이었다.

"쫓아라."

그들은 한 치의 망설임도 없이 도주한 독노를 쫓아갔다.

그때 마현천의 옆에서 노인이 솟아나오더니 그의 앞에 부복했다.

"준비가 되었습니다."

"시작하라."

"존명!"

마현천의 명이 떨어지는 순간 황산이 기이한 울음을 토해냈다.

*　　　*　　　*

황산에 도착한 무림인들은 황산의 기이한 변화에 입을 다물지 못했다. 특히 백도무림인들은 넋이 나간 표정이었다. 황산으로 혈마기가 피어오르는 광경을 달리 어떻게 표현할 수 있을까?

"허, 허허. 이것이 정녕 현실이란 말인가."

너무나 끔찍한 광경이었다. 사파연합의 인물들조차 혀를 내두를 정도였다. 무당의 의선은 단번에 저 혈마인들이 그동안 남모르게 희생된 사람들의 목숨이라는 것을 알아차릴 수 있었다.

황산과 그 주변에 대규모로 설치된 알 수 없는 기문진이 혈마기와 황산의 생기를 빨아들이고 있었다. 도저히 이해할 수 없는 광경이었다.

"마교의 소교주께서는 이 현상을 알고 계시오?"

흑사혈왕(黑死血王)이 그렇게 물으며 단마천을 바라보았다.

단마천은 표정을 굳힌 채 붉게 물든 황산에서 눈을 떼지 않고 있었다. 단마천뿐만 아니라 그가 데리고 온 마교의 수준 높은 고수들 역시 그러했다.

"설마 문헌에만 존재하는 진법이 실제로……."

"그것이 무엇이오?"

중얼거림을 들은 의선이 묻자 단마천은 잠시간의 고민 끝에 입을 뗐다.

"혈마와 천마지존이 틀어진 계기가 된 진법입니다. 진법이 설치된 범위의 모든 것을 혈마기화시켜 흡수한다는 말도 안 되는 진법이지요."

"그것이 가능한가?"

의선이 묻자 단마천은 고개를 저었다.

"마교와 혈교가 분열되고 나서 사라진 진법입니다. 문헌에 따르면 이 진법을 설치하는 데 적어도 수만에 달하는 사람의 목숨이 필요하다고 하더군요. 사실상 관군의 눈을 피해, 그것도 황산을 가득 메울 정도로 발현시키는 것은 불가능일진대……."

단마천이 그렇게 말하자 의선이 신음을 흘렸다. 그러다 생각난 것이 있는지 다시 단마천을 바라보았다.

"혈마인을 이용한다면 어떤가."

단마천의 눈이 커졌다.

"정순한 내공을 지닌 자들을 혈마인화 시켜 재물로 쓴다면……, 수만은 수천으로 숫자가 줄어들지도 모릅니다. 혈마기는 내공이 정순할수록 발현이 더더욱 잘된다고 하더군요. 혈마의 내공이 그 어느 도가의 것들보다 정순했다고 전해집니다."

"음……, 무당과 소림의 무공도 정순하지만 남궁세가의 내공심법, 그것도 검제의 내공 것을 최고로 치지."

의선의 말이 조용한 분위기 가운데 울려 퍼졌다. 머리가 굴러가는 자들은 사태의 심각성을 파악할 수 있었다.

그들이 남궁세가를 멸문시킨 이유도 대략 짐작이 되었다.

더욱 심각한 것은 지금 눈앞에서 벌어지고 있는 일이 몇 년 후에는 더욱 큰 규모로 발현될 수 있다는 것이었다.

'그럴 일은 없을 것이다!'

의선은 심각하게 굳은 얼굴로 그렇게 생각했다. 백도무림의 고수들은 물론이고 사파연합 그리고 마교의 뛰어난 고수들까지 한자리에 있었다.

뿐만 아니라 떠오르는 신흥세력인 무생신교의 교도들까지 자리하고 있었다. 특히나 홍수회는 천하십제에 들 만한 인물이었고 춘삼과 그의 형제들은 무림백천에서 상위권을 다툴 만했다.

무생신교의 교도들 하나하나가 뛰어난 인재였고 정체를 알 수 없는 막강한 무공을 지녔다고 소문나 있었다.

"우리는 무림 역사상 가장 큰 위기를 몸소 체험하고 있는지도 모르오. 하지만……."

의선은 모인 수많은 무림인을 돌아보며 다시 말을 잇기 시작했다.

"우리가 무림의 평화뿐만 아니라, 더 나아가 이 나라의 안위를 지켰다는 것은 자손대대로 전해질 것이오. 누구도 무림을 함부로 파괴하고 취할 수 없다는 것을 똑똑히 알려 줄 것이오!"

"맞는 말씀이십니다! 선배님!"

"와아아아!"

"염마지존을 돕자!"

의선은 고취된 분위기 속에서 붉게 물든 황산을 다시 바라보았다.

불길하다. 너무나 불길했다. 저 황산 안에 도사리고 있는 것은 분명 여태껏 겪어보지 못한, 아주 끔찍한 것일 터였다.

'사필귀정.'

의선은 흔들리는 마음을 다시금 다잡았다. 의선에 곁에서 있던 홍수희는 살짝 미소 지으며 입을 떼었다.

"과연, 무당파의 기개가 보기 좋군요."

"무당파의 기개를 팔아 이 위기를 없앨 수 있다면 난 충분히 그리 하겠소. 수많은 목숨이 오가는 위기 속에서 필요한 것은 기개가 아니라 허세인지도 모르지."

의선은 고통스러운 표정을 짓고 있었다. 그 표정에서 마음의 고통이 얼마나 큰 것인지 홍수희는 알 수 있었다.

"무림평화라 하지만……, 내가 불어넣은 허세 속에서 많은 이들이 죽겠구려."

"가만히 놔두면 더 많은 자들이 죽지요. 그럴 바에는 차라리 손에 피를 묻힌 우리가 죽는 편이 낫지 않을까요?"

의선에 말에 살짝 표정을 굳힌 홍수희가 되물었다. 의선은 간신히 웃어 보이며 고개를 끄덕였다.

'주군…….'

홍수희는 황산에 있다는 무생을 떠올렸다. 그녀가 안타까워하는 것은 앞으로 죽어나갈 무림인들 때문이 아니었다.

세력을 확장하는 데 힘을 보태주고 있는 무생신교의 젊

은 교도들의 목숨 때문이 아니었다.

그렇게 노력을 했음에도 바로 옆에서 도움을 줄 수 없었기 때문이었다.

혈마기가 섞인 바람이 한 차례 불어 닥쳤다. 내공을 익힌 자들의 눈에는 너무나 붉어 보이는 풍경이었고 그렇지 않은 자들에게는 마치 석양이 비치는 것 같은 아름다운 모습이었다.

第九章

단풍

무생록

"소나무가 단풍이 들었군."

무생은 붉게 단풍이 든 황산을 보며 그렇게 말했다. 사람이 모조리 사라진 촌락에서 황산의 전경을 바라보고 있는 것이다. 혈마기는 구름을 적셨고 혈우가 내리기 시작했다.

거대한 황산을 뒤덮기 위해서 얼마나 많은 사람들이 반백 년간 죽어갔을지 추측이 불가능했다. 무생은 이 광경을 인간이 만들었다는 것에 놀라운 마음을 머금었다.

"하긴, 사람이 사람을 가장 많이 죽이지."

무생이 겪은 세월 동안 무수히 많은 사람이 죽어갔다. 재

앙으로 죽은 사람, 병으로 죽은 사람도 있었지만 가장 많이
죽은 이유는 역시 사람으로 인해서였다.

"우욱!"

서문천이 치밀어 오르는 토기를 참지 못했다. 팽가연 역
시 마찬가지였다. 무생은 조금은 굳은 표정으로 그들을 바
라보며 입을 떼었다.

"집 안에 있거라. 지금으로서는 벗어나는 것이 불가능해
보이는군."

그나마 촌락이 있는 곳은 혈마기가 덜했다.

"아, 아저씨는?"

"혈교를 박살 내고 소연이를 구한 뒤 온 김에 남궁세가를
지어야겠군."

무생이 아무렇지도 않게 말하자 팽가연은 깊은 한숨을
내쉬었다. 그와 대조적으로 서문천은 웃음을 띠우며 고개
를 끄덕였다. 심각한 고난 앞에서 의연한 모습은 역시 고금
제일인이라 칭할 만했다.

"무조건 숨어 있어라."

서문천과 팽가연은 간신히 고개를 끄덕이고는 근처에 있
는 집으로 들어갔다.

"색다른 풍경이기는 하군."

무수한 세월을 살아온 무생조차 단 한 번도 보지 못한 광

경이었다. 새로운 것은 무생에게 신선한 감정을 불러일으켰다.

무생은 본능적으로 어디로 가야 이 사건의 중심이 있는지 알 수 있었다. 혈마기가 치솟는 곳이 바로 혈교의 모든 것이 있을 것이다. 화려하게 일을 벌려 놓고 찾기 쉬운 곳에 스스로를 공개하니 상당히 일이 편해졌다고 생각했다.

'소연이는……'

무생은 남궁소연이 온전하지 못할 것이라고 직감했다. 하지만 살아만 있다면, 어떤 식으로든 살아만 있다면 구해낼 수 있다. 생각보다 혈교가 그럭저럭 한가락 하는 집단인 것이 마음에 걸렸지만 어쨌든 황산의 깊숙한 곳으로 들어서는 진입로를 향해 무적수라보를 시전했다.

콰아아아!

자욱하게 깔려 있던 혈마기가 구름이 물러나듯 사라졌다. 무생의 선천지기가 폭사되며 발현되는 무적수라보는 그 어떤 혈마기도 속박할 수 없었다.

무생이 멈춰선 것은 익숙한 기운을 감지해서였다. 구십 년 동안 같이 지냈기에 무생은 절대 잊을 수 없었다.

'독노?'

알싸한 독 기운은 분명 독노가 지닌 것이었다. 무생은 독노가 어째서 황산에 있는지는 몰랐지만 혈마기를 잔뜩 머금은 존재들이 독노를 쫓고 있음을 감지했다.

"거슬리는군."

당시에는 몰랐지만 구십 년 동안 든 정은 대단히 컸다. 광노의 빈자리가 늘 느껴졌고 그가 해주었던 말들이 큰 영향을 주고 있었다. 다른 노인들 역시 마찬가지였다.

콰앙!

무생록(無生錄) 이식(二式).

무생의 거대한 선천지기가 폭사되었다. 주변이 염강기로 타올랐다. 무생록 이 단계 상태에서 펼쳐지는 무적수라보는 하늘에서 떨어져 내리는 혜성을 보는 것 같았다. 부딪히는 모든 것들이 비산하고 타오르며 사라졌다.

무생의 기분을 나타내 주는 듯했다.

빛살처럼 날아간 무생의 눈에 들어온 것은 검노를 들고 있는 독노와 그 뒤를 쫓고 있는 수십의 기이한 자였다. 그들은 일전에 보았던 혈옥을 흡수한 팽가연과 비슷해 보였다.

천무권 파천권장.

파천권장이 독노를 아슬아슬하게 지나쳐 혈강시들에게 작렬했다. 혈강시들은 그대로 튕겨져 사방으로 날아갔지만 곧 몸을 일으키며 다시 달려들었다.

무생은 힘겹게 신법을 전개하는 독노의 곁에 섰다. 혈마
강기가 끊임없이 독노의 내력을 갉아먹었지만 검노의 상태
에 비하면 아무것도 아니었다.

검노의 몸은 정상적인 곳이 없었다. 진즉에 죽어도 이상
하지 않을 상처였지만 검노의 신선에 이른 정신력이 삶을
유지시키고 있는 것이다.

무생은 빠르게 선천지기를 검노의 몸에 주입했다. 무생
은 혈마강기의 잔재가 검노의 몸 안에 남아 있지만 선천지
기가 그것을 없애고 검노의 몸을 회복시킬 것이라 믿어 의
심치 않았다.

"무슨……."

무생의 선천지기가 검노의 몸에 주입되었음에도 쉽사리
물러가지 않고 오히려 더 날뛰었다. 무생의 선천지기가 더
강한 것은 맞았지만 혈마강기가 반항하고 있는 것이다.

무생의 표정이 딱딱하게 굳어가자 검노가 무생의 팔을
잡으며 고개를 저었다.

"미안하네. 무생."

"뭐가 말인가."

검노는 잘 움직여지지 않은 얼굴 근육을 억지로 움직여
희미한 웃음을 지어 보였다.

"자네에게 억지로 인연을 만든 일 말이네."

무생은 고개를 가로저었다.

"억지가 아니었어."

"그렇게 말해주니 기쁘군."

무생은 선천지기를 끊임없이 주입했다. 그럴수록 주변에 막강한 염강기가 주변을 휩쓸었다. 이 단계에 이른 선천지기도 쉽사리 혈마강기를 몰아낼 수 없었다. 무생은 처음으로 다급해졌다.

"무생."

검노가 무생을 불렀다. 검노의 눈은 이미 흐릿해져 기능을 하지 못하고 있었다.

"죽음을 원하는 자네의 마음은 알고 있네. 하지만 지금은 아니야."

검노가 무생의 손을 꽉 쥐었다.

"약속해 주게. 지금은 아니라고."

검노의 손이 가늘게 떨렸다. 무생은 검노의 생명이 얼마 남지 않았음을 알고 있었다. 검노의 생명이 빠르게 꺼져갔다. 무생은 검노가 신선의 자리를 포기하면서까지 자신에게 무엇을 말하고 싶어 하는지 알 수 없었다.

어째서 이곳에서 이렇게 죽음을 맞이하는지 도저히 알 수 없었다. 무생은 죽어가는 검노를 보며 아무것도 할 수 없었다. 그것은 생전 처음 느끼는 무력감이었다.

무생은 열리지 않는 입술을 떼었다.

"알겠네. 약속하지."

그러자 검노의 몸에서 힘이 빠져나갔다.

"내가 헛살지는 않았군. 나중에 보세나."

검노의 손이 무생의 손에서 빠져나갔다. 검노의 육체가 모래가 무너지듯 그렇게 내려앉으며 사라졌다. 무생은 그 자리에 굳은 채로 잠시 그렇게 있었다.

"독노. 누구지?"

"스스로를 대천지주라 칭하는 혈마일세."

"그렇군."

무생은 자리에서 일어났다. 무생이 일어난 순간 무생의 앞에는 많은 수의 혈강시가 도열해 있었다. 무생의 분위기 가 확연히 달라져 있었다. 타오르던 염강기가 그대로 굳더 니 천천히 얼어붙었다.

독노는 무생이 분노에 잠식될까 걱정했지만 무생은 어느 때보다도 정상적이었다. 그렇기에 독노는 더욱 두려웠다.

"독노. 저 밑 촌락에 가면 꼬마 두 명이 있을 것이네."

"음."

독노는 무생이 무슨 말을 하고 있는지 단번에 알아들었 다.

"최대한 멀리 벗어나게."

"걱정 말게나."

독노는 신법을 전개하려다 말고 그 자리에 멈춰섰다.

"음, 기왕이면 황산은 남겨주게나. 많은 전설을 간직한 좋은 산일세."

"노력해 보도록 하지."

그 말을 끝으로 독노가 사라졌다. 온전한 상태의 독노나 검노였다면 혈강시 따위는 우습게 상대하고도 남았을 것이다. 하지만 안타깝게도 대천지주의 공력에 내상을 입어 신법을 전개하는 것이 고작이었다.

무생이 혈강시 앞에 섰다. 움직임이 없던 혈강시가 무생이 앞에 서는 순간 드디어 움직이기 시작했다. 혈강시는 위력적인 혈마기를 뿜어내며 강시로서는 할 수 없는 신법을 전개했다.

그것은 명문정파의 무공이었고 오대세가의 무공이 포함되어 있었다.

쉬이이익!

혈강시의 무공은 가히 위력적이었다. 혈마인과는 비교도 되지 않았다. 혈마인은 자신의 내력과 선천지기를 희생해 일시적으로 혈마기를 사용하지만 혈강시는 달랐다.

주변의 모든 기운을 빨아들여 스스로의 내력으로 바꾸어

사용했다.

혈강시의 공격이 무생에게 꽂혀 들어가는 순간이었다.

무생은 혈강시의 공격이 자신에게 닿는 것을 용납하지 않았다.

휘이익!

바람이 부는 것 같더니 혈강시의 몸이 점차 굳어졌다. 공중에서 신법을 전개하던 혈강시, 무생을 향해 달려들던 혈강시, 그리고 다른 혈강시들의 몸이 마치 시간이 멈춘 듯 굳어버린 것이다.

스르륵!

무생의 입에서 입김이 뿜어져 나왔다. 무생은 혈강시를 온전한 모습으로 남길 생각은 전혀 없었다.

극빙지옥(極氷地獄).

혈강시가 두른 혈마강기가 모조리 얼어붙어 버렸다. 혈강시는 몸을 움직일 수가 없었다. 그들의 몸을 휘감고 있는 기운은 마치 얼어붙은 듯한 염강기였다. 어마어마한 기세로 타오르면서도 그 근본은 얼어 있었다.

단순히 온도가 내려가 얼어붙은 것이 아니었다. 공간 자체가 얼어붙어 떨어지는 낙엽이나 공중에서 떠 있는 혈강시가 미동도 없이 그렇게 고정되어 있었다.

무생은 눈에 들어오는 이 일대를 모두 그렇게 얼려 버렸다. 그것이 바로 시간조차 자유롭지 않은 극빙지옥이었다.

무생은 천천히 주먹을 쥐었다. 눈앞에 거슬리는 것들을 단번에 치워 버릴 생각이었다. 무생의 주먹이 쥐어지는 순간 얼었던 것들이 모조리 깨져 나가기 시작했다.

천무권 광마멸천(光魔滅天).

무생의 신형이 흐릿해지며 얼어붙은 모든 것이 가루가 되어 바닥에 떨어져 내렸다. 흉흉한 기세를 뿜어내던 혈강시도 그저 바닥에 떨어져 내리는 모래에 지나지 않았다.

무생이 주먹을 내리는 순간 모든 것이 사라졌다. 무생의 신형 역시 그 자리에서 사라졌다.

*   *   *

황산의 깊은 곳에는 반 백 년 전부터 혈교가 자리 잡았다. 혈교가 황산에 자리 잡을 당시에는 남궁세가의 장원이 황산 부근에 존재했다.

이곳은 혈교의 본거지라 부를 수는 없었지만 계획을 진

행하는데 있어서 아주 중요한 공장이었다. 이렇게 황산에 당당히 자리 잡고 있었음에도 들키지 않은 것은 혈교의 특수한 비술 덕분이었다. 진법이라고 봐도 무방했지만 사람을 이용한다는 점이 특별했다. 사람의 생명력을 이용하는 일은 혈교의 자랑거리였다.

백도무림의 공세에 분열되었다고 알려져 있었지만 실상은 그렇지 않았다. 오히려 천마지존과의 싸움으로 은둔에 들어갔다는 말이 옳았다. 광노와 마찬가지로 혈마존 역시 큰 상처를 입어 거의 회생 불능의 상태까지 갔지만 혈마신공의 특성상 기간을 두고 완전히 회복할 수 있었던 것이다. 다시 구십 년을 준비한 지금의 혈교는 과거 무림을 피바다로 만들었을 시절보다 몇 배는 더 뛰어났다.

"이제 얼마 남지 않았군! 대천지주께서 무림, 아니 천하를 발아래에 두고 주무를 날이! 허허허허!"

노인의 음성이 들려왔다. 그는 과거 괴마라 불리며 온갖 비윤리적인 일들을 자행했던 자의 제자였다. 그는 스스로 괴의라 자신을 칭했다.

"그럼 이 모용천도 한 자리 하겠군요. 으흐흐!"

괴의의 뒤로 모용천이 나타나 그렇게 말했다. 괴의는 모용천을 보며 만족한 듯 고개를 끄덕였다. 괴의는 다 죽어가는 모용천을 완벽한 혈강시로 재탄생시켰다. 다시 태어난 모용천은 충분히 사악했고 야심이 넘쳤다.

"대천지주께서 황산을 생기를 모두 드신다면 불사지체에 가까워지시겠지. 허나 완벽한 불사는 아닐 터."

괴의의 말에 모용천의 눈이 빛났다.

'대천지주란 놈의 비위를 맞춰주는 것도 오늘까지다.'

모용천이 겪은 대천지주는 두렵고 강한 존재지만 그가 그렇게 강한 것에는 이유가 있다고 생각했다. 모용천은 그 것이 바로 혈마기를 대량으로 흡수한 탓이라 생각했다. 즉 황산의 생기를 자신이 흡수한다면 대천지주를 따를 필요가 없어질 것이다.

'무생을 이용한다면……!'

안목이 높아진 모용천이 판단하기에 대천지주와 무생은 같은 곳을 바라보고 있는 극강의 고수들이었다. 그런 고수 들 사이에서 모든 것을 취한다는 것은 불가능에 가까운 일 이었다. 하지만 모용천은 자신 있었다.

자신의 앞에 다소곳하게 앉아 있는 천하제일미 때문이 다. 무생과 특별한 관계이니 남궁소연을 사용해 시간을 끈 다면 분명 가능했다.

"흐흐……."

반항이 있기는 했지만 괴의는 남궁소연을 완벽하게 혈강 시로 만들었다. 뿐만 아니라 남궁소연이 지니고 있던 모든 무공 구결을 빼낼 수 있었다. 수준 높은 혈마인이나 혈강시를 키워내는 데 요긴하게 쓰일 것이다.

"남궁세가의 무공과 굉장히 잘 맞는 것은 우연의 일치였지."

괴의는 그렇게 생각하며 남궁소연을 바라보았다. 남궁세가의 무공 같은 경우에 보통 다른 정파 무공보다 효율이 뛰어나고 혈마인을 만들었을 때 가장 낭비 없이 강했다.

괴의가 그것을 발견한 것은 그야말로 우연이었고 비급을 얻기 위해 남궁세가를 멸문시킨 것이다. 모용천은 음탕한 미소를 지으며 남궁소연을 바라보았다. 지금은 몸이 혈강시가 되어 밤일을 하지 못하지만 모용천의 소유욕을 잘 충족시켜 주고 있었다.

'내가 불사를 이루고 혈교를 가지게 된다면 이 무림은 내 것이 될 것이다. 크흐흐'

모용천의 음침한 웃음을 괴의는 몰랐다. 지금까지 모용천은 충실한 부하였기 때문이다. 모용춘의 야망이 얼마나 큰지 이해하는 사람은 아무도 없었다.

*　　　　*　　　　*

무생은 황산을 오를수록 몸이 조금씩 처진다는 느낌을

받았다. 어디론가 빨려들어 가는 것 같았고 아래로 누군가 내리 누르는 기분이 들기도 했다. 하지만 무생을 결코 멈추게 할 수는 없었다.

쾨아!

무적수라보를 이용한 무생의 신형이 절벽을 부수고 그대로 하늘로 치솟았다. 황산을 오르는 속도는 보통의 무림인들이라면 상상조차 할 수 없는 그런 속도였다. 황산을 말 그대로 박살 낼 것 같은 기세였다. 황산은 높고 넓었지만 무생에게는 그렇게 느껴지지 않았다.

파앗!

무생의 신형이 하늘로 치솟았다.

"저기로군."

황산을 뒤덮는 혈마기가 소용돌이치며 한곳으로 빨려들어 가고 있었다. 그곳은 평평하게 깎인 봉우리였다. 황산에서 그다지 유명한 봉우리는 아니었고 접근도 용이하지 않았기에 아무도 찾지 않은 그런 곳이었다. 하지만 누구도 이곳이 황산의 중심에 위치하고 있다는 것은 부정하지 못했다.

쾨앙!

무생이 허공답보를 펼칠 필요도 없이 그대로 바닥에 내려왔다. 내리 꽂히는 충격은 고스란히 지면이 받았다. 지면이 파도치다가 박살 나버렸다.

혈마기가 모이는 곳으로 가려 했지만 무생의 앞을 가로막는 자들이 있었다. 알고 있는 익숙한 얼굴이었다. 황산 안으로 들어오는 무림인들을 상대해야 했지만 무생 앞에 있는 자는 그런 것 따위는 신경 쓰지 않았다.

무생이 그의 얼굴을 보며 작게 입을 떼었다.

"모용천."

얼굴에 흉터가 가득한 모용천은 무생이 자신을 바라보자 비릿하게 웃었다. 모용천의 웃음을 본 순간 무생의 눈살이 찌푸려졌다.

"무생, 오랜만이군. 크흐흐."

모용천이 일그러진 얼굴로 웃음을 내뱉었다. 모용천은 여전히 자신 있어 하는 얼굴이었다. 그도 그럴 것이 천하삼절도 상대할 수 있을 것 같은 혈강시들의 자신의 명령을 따르고 있었고 이성이 없는 혈마인들도 상당했다. 그리고 몰래 대천지주의 눈을 피해 몰래 빼돌린 비장의 수도 있었다.

모용천은 무생이 강한 것을 인정하고 있었다. 하지만 이제 곧 자신의 힘으로 바뀔 것이다. 무생의 내공을 흡수하고 대천지주의 것을 빼앗아 절대자가 되는 것이다.

혈강시가 된 모용천은 모용세가의 무공을 수준 높게 다룰 수 있었고 가장 큰 힘은 바로 상대의 내공을 마구잡이로 흡수하여 혈마기로 만드는 점이었다. 고금제일인이라 칭송받는 무생의 내공을 흡수한다면 대천지주도 상대가 되지 않을 것이다.

모용천은 진심으로 그렇게 생각했다.

"못생겨졌군."

무생이 모용천을 보며 그렇게 말했다. 잘생겼던 모용천의 얼굴은 혐오감이 들 정도로 변해 있었다. 혈강시가 되고 나서 사람의 몰골이 아니게 되었으니 더더욱 그랬다.

"이 순간을 기다려 왔다. 네놈이 내 발밑에 깔려 기는 순간을 말이야!"

모용천이 검을 뽑자 혈마강기가 뿜어져 나왔다. 모용천의 뒤에 있는 혈강시와 혈마인은 모두 하얀 천을 뒤집어쓰고 있었다. 그리고 그 뒤에 가면을 써 모습을 완벽히 감추었다. 이들은 혈교가 오십 년간 만들어온 혈교의 주축이라 할 수 있었다.

"말이 많군. 똥싸개."

"이, 이이익!"

무생의 말에 모용천의 혈마강기가 더욱 진해졌다. 지금 혈마인들은 큰 힘을 얻고 있는 상태였다. 황산의 생기가 혈마기가 되어 황산을 뒤덮고 있으니 내력이 바로바로 충당되었다.

그런 악조건 속에서도 무생은 태연하기만 했다. 무생이 살기가 조금씩 퍼져 나왔지만 흥분한 모용천은 그것을 느끼지 못했다.

"네놈을 죽이고 내가 천하제일인이 될 것이다. 아무도 날 막을 수 없어!"

모용천의 말에 무생의 입꼬리가 천천히 올라갔다. 명백한 비웃음이었다. 무생은 이곳에서 모용천을 만난 것이 정말 다행이라 생각했다.

분노를 온전히 풀어버릴 수 있으니 말이다. 모용천이 손짓하자 혈마인들이 먼저 무생을 주변을 포위했다. 이성이라고는 존재하지 않는, 그저 인형과도 같은 혈마인들이 무생의 눈에 들어왔다.

"이제 지겹군."

혈마인들을 지겹도록 본 무생이니 지겹다는 생각밖에 없었고 감흥이 있을 리 없었다. 그저 빨리 치우고 싶은 쓰레기에 지나지 않았다.

"으흐흐, 얌전히 나의 양분이 되어라!"

모용천이 무생에게 달려드는 순간 주변을 포위한 혈마인들 역시 같이 달려들었다.

콰가가가!

한층 강력해진 혈마기가 무생을 향해 쏟아져 내렸다. 하나하나가 강기에 맞먹었고 혈마기의 특성상 더욱 강력한 위력을 보여줄 것이다. 쏟아져 내리는 혈마기 속에서, 그리고 뻗어오는 모용천의 혈마강기를 보며 무생은 가볍게 주먹을 쥘 뿐이었다.

무생록(無生錄) 일식(一式).

그렇게 많은 선천지기는 필요하지 않았다. 쓰레기를 확실히 치울 수 있을 정도면 충분했다. 무생의 몸에서 뿜어져 나간 황금빛 강기가 쏟아져 내리는 혈마기를 모조리 쓸어버렸다.

동시에 무생의 주먹이 움직였다. 간단히 뻗는 것 같으면서도 맹렬한 기운을 머금고 있는 주먹이었다.

천무권 파천연환권장.

천무권에 제대로 대항할 수 있는 혈마인은 세상에 존재하지 않았다. 단 한 번의 파천권장으로도 여럿을 쓸어버릴 정도인데 그것이 수십에 걸쳐서 순식간에 펼쳐지자 혈마인들은 모두 피떡이 되어 터져나갈 뿐이었다.

황산에 넘치고 있는 혈마기들도 그들에게 도움이 되지 못했다. 온몸이 터져나가 절명한 자들에게 어떻게 도움을 줄 수 있단 말인가!

척!

뒤늦게 도착한 모용천의 검이 무생이 뻗은 손가락 사이에 꼈다.

그르륵!

혈마강기가 치솟으며 무생을 갈아버리려 했지만 오히려 혈마강기가 점차 사라져 갔다. 무생은 경악 어린 표정을 짓고 있는 모용천을 바라보다가 가볍게 반대쪽 손을 휘저었다.

"커, 커억!"

모용천이 검을 놓치며 신형이 급속도로 뒤로 밀려났다. 모용천은 신법을 극성으로 전개하고 나서야 간신히 멈출 수 있었다. 모용천은 자신의 가슴이 뭉개졌음을 깨닫는 순간 침을 꿀꺽 삼켰다.

치지직!

넘실거리는 혈마기가 모용천의 상처를 회복시켰다. 모용천은 굳은 표정을 지우며 무생을 노려보았다. 무생은 모용천의 검을 바라보다가 손에 쥘 뿐이었다.

"과연 천하제일인답군."

모용천은 애써 침착함을 유지하며 그렇게 말했다. 혈강시가 되지 않았다면 식은땀을 흥건하게 흘렸을지도 몰랐다.

"검은 써본 일이 별로 없지만······."

무생은 검을 가볍게 잡고 몇 번 휘둘러 보았다.

콰가가가!

무생의 옆에 있는 소나무들이 베어지고 지면에 큰 상처가 생겼다. 가볍게 휘두르는 것만으로도 폭사된 강기가 숲을 들쑤서 놓은 것이다.

"네놈에게 갚아줄 것이 있으니 써야겠군."

무생은 잠시 눈을 감았다가 모용천의 움직임이 느껴졌을 때 눈을 떴다. 모용천 뒤에 서 있는 하얀 천을 뒤집어 쓴 혈강시들은 여전히 미동이 없었다.

무생은 천천히 자세를 잡았다. 그것은 모용천도 본 적이 있는 자세였다. 무림에서 제법 유명한 검법이었으니 말이다.

"사일검법."

진천의 사일검법이었다. 완벽히 본 것은 아니지만 무생 나름대로 덜 것은 덜고 더할 것은 더했다. 그리고 검노의 검무를 보며 얻은 것들을 섞어 놓은 완전무결한 경지의 사일검법이었다.

무생은 그 눈을 감는 짧은 순간에 이러한 무학을 완성하였다. 검을 타고 황금빛 검강이 치솟는 순간 무생의 신형이 사라졌다.

모용천이 눈을 크게 떠보았지만 무생의 모습을 도저히 찾을 수 없었다.

"허억!"

모용천이 미처 대비하기도 전에 무생이 모용천 앞에 불쑥 나타났다. 무생이 펼치고 있는 신법은 무적수라보였지만 사일검법에 맞춰 조금은 변형이 된 모습이었다.

파괴적인 모습보다는 변칙적이고 유연한 변화가 가미되어 있었다.

검이 직선을 그리며 모용천에게 뻗어갔다. 모용천은 다급히 혈마강기를 뿜어내며 뒤로 빠졌다.

서걱!

"크윽!"

모용천의 팔이 바닥에 떨어졌다. 무생이 펼친 사일검법은 찌르기 위주의 공격이었는데 정확히 모용천의 팔을 잘라 버린 것이다.

모용천은 절단면을 잡으며 물러났다. 검강으로도 한 번에 자르기 힘든 혈강시의 육체를 간단히 자른 무생의 무위는 너무나 압도적이었다.

혈마기를 집중시켜 재생을 시키려 했지만 무생의 선천지기가 침투하여 그것을 지연시켰다. 모용천의 얼굴에 두려움이 떠올랐다가 사라졌다.

모용천은 믿는 구석이 있었다.

"크……, 이 정도는 예상했었다. 크흐흐."

무생이 모용천의 말을 더 이상 듣지 않고 다시 사일검법을 펼치려 할 때였다.

"자, 잠깐! 나를 죽이면 넌 반드시 후회한다!"

모용천의 미간을 찌르려던 검이 멈춰 섰다. 모용천은 재빨리 뒤로 물러나며 혈강시들 앞에 섰다.

"나와라."

모용천이 그렇게 말하자 혈강시들 사이에서 흰 천을 두른 자가 모용천의 앞에 걸어 나왔다.

모용천은 비릿한 웃음을 짓고는 남아 있는 한 팔로 흰 천을 벗겨냈다. 그러자 무생의 눈이 크게 떠졌다.

그 순간 모용천은 재빨리 품에 있는 고독을 꺼내 삼켰다.

"으하하하하! 어, 어떠냐! 네놈이 사랑하는 여인이 내 말만을 따르는 노예가 되어 있다!"

무생의 눈에 들어온 것은 창백한 피부를 하고 있는 남궁소연이었다. 편안하게 눈을 감고 있는 모습이었지만 그녀의 주변에 혈마기가 떠올라 있었다. 무생은 자신의 예상대로 그녀가 변해 있자 마음이 가라앉았다.

"크흐흐, 내가 먹은 것은 혈고독의 암컷이지. 내가 죽는다면 남궁소연 역시 죽게 되는 것이다."

무생은 모용천의 말을 듣고 있었다. 고독은 뇌속에 기생하기 때문에 꺼내기 전에 움직인다면 방법이 없었다. 보통이라면 선천지기를 주입해 단번에 태워 버릴 테지만 혈강시는 그러기 어려웠다.

"그리고 내가 명령만 내리면 바로 자결을 하지."

모용천은 득의양양한 표정으로 무생을 바라보았다. 무생은 무표정한 얼굴로 모용천과 눈을 맞추었다.

모용천을 죽일 경우 남궁소연이 죽게 되니 지금 당장 손을 쓸 수가 없었다. 무생은 남궁소연을 바라보면서 입을 떼었다.

"짜증나는 짓을 하는군."

"움직이지 마라! 조금이라도 움직였다가는 남궁소연의 목숨은 없다."

무생은 일단 가만히 있어 보기로 했다. 모용천은 비웃음을 머금더니 혈강시들을 무생의 주위로 이동시켰다. 남궁소연 역시 무생의 앞에 서서 무생과 마주보게 되었다.

"얼굴이 많이 상했군."

"……."

"네 집이 있었다는 황산에 왔기는 했는데 역시 별 볼 일 없더구나. 다만 단풍은 예쁘군."

남궁소연은 반응이 없었다. 혼백을 제압당해 이성이 없

는 꼭두각시가 된 것이었다. 무생은 차분한 눈으로 모용천을 바라보았다.

"크흐흐, 내가 절대자가 될 것이다."

모용천이 전신에 혈마강기를 두르자 혈강시들이 눈을 뜨며 모용천과 같이 혈마강기를 몸에 둘렀다. 그러자 무생의 선천지기가 흐릿해졌다.

무생의 선천지기가 공중으로 치솟더니 모용천에게 빨려 들어 갔다.

혈강시들이 무생의 강대한 선천지기를 분배하여 흡수하고 그것을 모용천에게 뿜어내고 있는 것이다.

'음……'

무생은 황홀감에 빠져 있는 모용천을 바라보며 살짝 고민했다. 다행히 남궁소연은 혈마강기를 뿜어내고 있지 않았다.

'뭔가 빠져나가기는 하는 것 같은데.'

무생은 자신의 선천지기가 빠져나가기는 하는 것 같으나 잘 느낄 수 없었다. 빠져나간 것보다 더 많은 양이 채워지고 있었기 때문이다. 그러나 무생이 잘 느끼지 못하는 것에 비해 혈강시들은 몸을 부르르 떨었다. 분배를 했음에도 선천지기의 강대함을 이겨내지 못하고 있는 것이다.

그것은 모용천 역시 마찬가지였다. 모용천의 몸이 조금

씩 부풀고 있었다.

"이, 이렇게 대단하다니! 크하하하! 나는 무적이다!"

무생은 잠시 생각하다가 입가에 웃음을 띠었다.

"그럼 많이 먹거라."

"으, 으응?"

모용천이 눈을 깜빡일 때였다. 무생은 순식간이 무생록이 단계를 개방했다. 갑작스럽게 염강기가 터져나가며 하늘로 치솟았다.

무생의 선천지기를 흡수하던 혈강시의 몸이 부풀다가 그대로 터져 버렸다.

"크, 크아아악!"

모용천에게 막대한 염강기가 쏟아져 내렸다. 혈마기로 변하지 않은 순수한 염강기였다.

모용천의 몸이 부풀어 오를 때 무생의 신형이 사라졌다. 무생이 나타난 것은 바로 모용천의 코앞이었다. 무생은 그대로 손을 뻗어 모용천의 얼굴을 잡았다.

"나, 날 죽이면 나, 남궁소연이······!"

하지만 안타깝게도 혈고독 역시 부풀어 오른 상태였다. 무생은 다른 주먹을 말아 쥐고 그대로 모용천의 머리를 향해 뻗었다.

천무권 멸점격(滅点擊).

염강기가 모용천의 머리에 작렬하는 순간 모용천이 튕겨
져 나가 바닥을 굴렀다. 혈마기가 모용천의 몸으로 스며들
어 모용천의 상처를 천천히 회복시켰다. 그것이 모용천의
목숨을 지켜준 것이다.

"으, 으아아아! 어째서!"

모용천은 두려움에 덜덜 떨며 무생을 보며 소리쳤다. 무
생은 모용천을 싸늘한 눈으로 내려 보았다. 무생이 가만히
서 있는 남궁소연을 지나쳐 모용천을 향해 염강기를 뿜으
려 할 때였다.

서걱 서걱!

"크아아아악!"

모용천의 사지가 모두 잘려 나갔다. 모용천은 다급히 혈
마기를 모으려 했지만 오히려 몸속에 있던 혈마기가 빠져
나갔다. 모용천은 고통 속에서 고개를 돌려 자신의 사지를
모두 없애 버린 자의 얼굴을 바라보았다.

"대, 대, 대천지주!"

"네놈은 그게 어울리는군. 쓰레기."

"대, 대천지주님! 저, 저는 그, 대, 대천지주님을 위해
서……!"

대천지주라 불린 자는 모용천을 바라보고 있지 않았다. 그의 눈에는 모용천은 그저 꿈틀거리는 지렁이와 다를 바가 없었기 때문이다.

대천지주는 남궁소연을 바라보다가 귓가에 뭐라 속삭였다. 그러자 남궁소연이 내력을 일으키며 빠르게 사라졌다.

무생은 남궁소연을 쫓을 생각을 하지 못했다.

지금 나타난 순백의 옷을 입고 있는 사내를 알고 있었다. 쏟아져 내리는 혈우 속에 고고히 서 있는 자는 얼마 전 이현에서 보았던 자였다.

"마현천이라 했던가."

무생은 그의 이름을 기억하고 있었다. 몰아치는 혈마기 속에서 아무렇지도 않게 서 있는 마현천의 모습에 그가 바로 대천지주임을 깨달았다.

무생은 마현천을 보자 기이하게도 분노가 치솟거나 하지는 않았다.

단지 마현천이라는 존재 자체에 신경이 집중될 뿐이었다.

"형님께서 기억해 주시니 감사합니다."

마현천은 무생이 자신의 이름을 부르자 흡족한 듯 고개를 끄덕이며 그렇게 말했다. 무생은 천천히 마현천을 향해 걸었다. 마현천도 마찬가지였다.

황산을 적시는 혈우 속에서 무생과 마현천은 마주보며
섰다. 소나기처럼 혈우가 내렸지만 무생의 검은 무복을 적
시지 못했고 마현천의 하얀 도포도 그러했다. 마치 그 둘만
은 다른 공간에 있는 듯한 느낌이었다.

"그래, 전보다 상태가 좋아 보이는군."

무생이 묻자 마현천은 웃음을 내뱉었다.

"이곳에서만큼은 저도 형님과 비슷한 입장입니다."

황산의 기운이 점차 혈마기로 변해 마현천에게로 빨려들
어 가고 있었다.

마현천 주위로 몰아치는 기운들은 너무나 막대해서 무생
이 아니라면 마주보는 것조차 힘든 정도였다. 마현천은 황
산을 통째로 갈아서 자신의 내력으로 만들고 있었다.

"형님과는 달리 일시적인 불사지체이겠지만 그래도 이
정도는 되어야 형님 앞에 설 수 있지 않겠습니까?"

"검노가 당한 것이 이해가 돼."

무생의 살기가 조용히 타올랐다. 마현천은 무생의 살기
와 대면하는 순간 표정이 굳었지만 다시 여유로운 미소를
그렸다.

"저는 형님의 적이 아닙니다."

무생은 마현천에게 쌓인 막대한 목숨의 숫자를 감지했

다. 그리고 그가 지닌 혈마기의 크기 역시 짐작이 되었다.
게다가 황산의 모든 기운이 마현천에게 집중되고 있었다.

황산이 마현천의 편이었고 무생에게는 적이었다.

"재미있는 소리를 하는군."

무생은 황산이 불편했다. 평소와는 다른, 처음 느끼는 그런 압박감을 주었기 때문이다. 무생은 손을 펼쳐 염강기를 뿜어내 보았다. 찬란하게 타오르던 염강기가 조금씩 흩어지더니 이내 사라졌다.

사라졌다기보다는 흡수당했다는 표현이 옳을 것이다..

무생은 지금 거대한 괴물의 위장 속에 들어온 것이었다. 그의 선천지기마저도 조금씩 흡수되고 있기에 압박감을 느낀 것이었다.

하지만 무생은 그다지 신경 쓰지 않았다. 자신을 무수한 세월 동안 불사로 만든 선천지기는 무한하다시피 샘솟고 있었고 단 한 번의 마름이 없었다.

"어차피 스쳐 지나가는 인연이지 않습니까? 아주 짧은 생일 뿐이니까요."

마현천은 그렇게 말하며 무생과 눈을 맞추었다. 무생은 그런 마현천이 마음에 들지 않았다. 주먹이 쥐어졌다.

마현천을 단번에 날려 버리고 모든 일을 마무리 짓고 싶어졌다.

마현천은 바뀌기 시작한 무생의 기세에도 아랑곳하지 않았다.

"형님께서는 죽음을 원하시지 않습니까?"

죽음이라는 말에 무생의 눈이 살짝 커졌다. 그것은 무생이 무엇보다 바라는 말이었다. 무생이 무림에 나온 이유였다. 죽음을 얻기 위해서 무슨 일이든 다할 수 있다고 생각한 적도 있었다.

죽음.

그것만이 자신의 긴 삶에 의미를 부여해 줄 수 있었다. 언제까지 이어질지 모르는 허무한 생활을 끝낼 유일한 것이었다.

무생의 주먹 쥔 손이 펴졌다. 마현천은 그것을 보더니 빙긋하고 웃었다. 마현천의 미소는 따듯하게 느껴질 만큼 아름다웠다. 무생은 그저 끔찍한 몰골을 가리려 자신을 치장하는 것이라 느꼈다.

"말해봐라."

무생은 마현천의 말을 들어보기로 했다. 지금까지의 모든 사태를 망각할 정도로 죽음에 대한 갈망은 너무나 컸다.

"형님의 지닌 기운은 제가 만든 기운과 완전히 반대되는 성질입니다. 형님께서 선천지기라면 저는 강제로 쌓아올린 후천지기이지요."

무생은 절로 샘솟는 선천지기를 지녔다면 마현천은 생명을 끌어모아 무생과 비슷한 정도의 기운을 쌓은 것이다.

"황산의 모든 생기를 집중시켜 형님의 선천지기를 억제할 것입니다. 그리고 형님께서 지니신 그 근본을 혈옥으로 만들어 빼낼 것입니다."

"그럴 듯하군."

여태까지 들었던 죽음을 맞이하는 방법 중에서 가장 그럴 듯한 말이었다. 무생은 마현천에 말이 깊은 생각에 빠졌다.

지금 느끼고 있는 마현천의 기운은 자신의 선천지기를 억제할 수 있을 정도는 되는 것 같았다.

'이 기운이 없어진다면……'

그렇다면 몸이 유지되지 않을 것이고 무생이 그토록 바라던 죽음에 다다를 수 있게 된다. 무생의 눈빛에서 이채가 돌았다.

"남궁소연은 제가 돌봐주겠습니다. 남궁세가 역시 다시 지어드리도록 하지요. 그리고 형님과 연이 있는 사람들이 사라질 때까지 혈교는 활동하지 않을 것입니다."

마현천은 무생의 남아 있는 인연을 끊기 위해 그런 말을 했다.

"네가 원하는 건 불사인가?"

무생은 마현천이 불사가 갖는 의미를 제대로 모른다고 생각했다. 그것은 결코 축복이 아니었다. 오히려 저주에 가까웠고 분명 스스로가 붕괴될 것이다. 단지 탐욕 때문에 그런 종말을 원하는 마현천이 무생은 이해되지 않았다.

자신이 가지고 있는 유일한 탐욕의 대상이 바로 죽음이었다.

"형님과 연이 있는 자들이 모두 사라질 때까지 기다리겠습니다. 불사를 얻을 수 있다면 그 정도 시간은 아무 것도 아닐 테니까요."

혈마신공을 대성하면 불사지체가 된다고 하지만 그것은 사실이 아니었다.

혈마기를 끊임없이 흡수해야 했고 점점 내성이 생겼기에 더욱 정순한 기운으로 흡수해야만 했다.

백 년이 훨씬 지난 지금은 대량으로 흡수하는 것이 아니면 어린아이들이나 처녀의 순수한 기운만이 그의 생명을 연장시켜주었다.

마현천의 제안은 너무나 솔깃한 것이었다. 그가 미련을 가질 것들도 없었고 가장 원하는 죽음을 얻을 수 있는 길이었기 때문이다.

무생은 승낙하고 싶었다. 이 지긋한 생을 빨리 끝내 버리고 싶었다.

"안타깝지만……, 너는 이미 내 연을 하나 저버렸다."

검노.

무생은 오랜 친우라 부를 수 있는 검노의 얼굴이 생각이
났다. 검노의 힘없이 떨어지는 손이 무생의 탐욕을 날려 버
렸다.

검노는 우화등선한 광노보다도 오히려 더 신선 같은 자
였다. 늘 진솔한 말을 했고 무생을 도와주려 했다. 광노가
죽음을 목전에 두고 무생에게 그런 말을 한 것은 분명 이유
가 있을 것이다.

무생은 언젠가 검노가 했던 말이 떠올랐다.

"무언가 포기해야 할 때가 있네. 가끔은 그렇더군. 포기해야
하는 이유가 더 중요하게 느껴질 때가 말이지. 허허허. 사는 게
그렇지 않은가?"

무생의 갈등이 사라졌다. 무생은 지금이야말로 포기해야
할 때라고 생각했다. 포기하는 이유는 바로 검노를 위해서
였다.

"반나절 전에 들었다면 좋았을 것을."

무생의 말에 마현천은 놀랍다는 표정을 지었다. 무생이

거절할 것이라고는 생각지 못했기 때문이다. 마현천의 뇌리에 스쳐가는 인물이 있었다.

신선과도 같은 풍모를 지닌 노인이었다.

"무적신검 천무진……, 죽어서까지 날 방해하는군."

"그게 검노의 이름인가."

마현천이 그 이름을 입에 담자 무생은 그것이 검노의 별호와 이름인 것을 알아차렸다. 검노와 그럭저럭 잘 어울리는 별호라고 생각했다.

무생은 검노의 별호와 이름을 잠시 입에 담아보다가 천천히 고개를 돌려 마현천을 바라보았다. 마현천의 얼굴은 크게 일그러져 있었다. 하지만 무생과 눈이 마주친 순간 다시 웃는 낯으로 돌아왔다.

"뭐, 상관없습니다."

"나도 상관없어."

무생은 천천히 주먹을 쥐었다. 지금 이 순간에는 그 무엇도 상관없었다. 무생의 주변에 불던 혈마기가 순식간에 흩어졌다. 마현천은 그 모습을 보고는 미소를 지웠다.

"지난 세월 동안 그 방법만 생각해 놓은 것이 아닙니다."

"부디 잘 생각해 놓았길 바란다."

"두고 보시지요."

마현천의 몸에서 혈마강기가 뿜어져 나왔다. 파도처럼 주변을 휩쓸었고 너무나 강력한 파동에 황산에 진동이 울릴 지경이었다.

"오늘 죽게 되실 겁니다."

마현천은 무생을 바라보며 담담히 그렇게 고했다.

第十章

위기

무생록

서로의 내력이 가볍게 격돌했다. 무생의 염강기와 마현천의 혈마강기가 얽히며 터져나갔다.

콰가가!

소나무들이 뿌리째 뽑혀 나갔고 바위가 박살 나며 하늘로 치솟았다. 단순한 내력의 격돌 치고는 그 결과가 너무 처참했다.

마현천이 먼저 자세를 잡았다. 검노와 겨룰 때 아무런 자세를 잡지 않았던 것과는 달랐다. 그토록 무림인들에게 두려움을 샀던 혈마신공의 모든 것이 펼쳐지기 시작했다.

마현천의 신형이 사라졌다. 핏빛 잔상을 그리며 뻗어오는 마현천을 무생이 무적수라보로 맞이했다. 마현천의 신법은 천마군림보와 닮아 있었지만 그 근본은 확연히 달랐다. 혈마지존보는 자신의 주변에 그 무엇도 남기지 않겠다는 광오한 발걸음이었다.

마현천이 눈앞에 나타나는 순간 무생이 먼저 빠르게 주먹을 뻗었다.

천무권 파천권장

파천권장이 근거리에서 뻗어 나가며 마현천의 가슴을 노렸지만 마현천 역시 주먹을 뻗었다.

콰가가가!

주먹이 부딪히자 지형이 변했다. 거대한 용오름을 만들며 바닥에 있던 모든 것들을 하늘로 날려 버렸다. 무생은 살짝 밀려난 자신의 몸을 보면서 눈살을 찌푸렸다. 마현천이 더 많이 밀려났지만 느낌 자체가 나빴다.

"대단하군."

무생은 솔직하게 감탄했다. 자신과 이렇게 대등하게 겨룬 자는 마현천이 처음이었다. 자신이 속도와 위력을 따라오고 압박까지 하는 모습은 신선하기 그지없었다.

마현천은 부드러운 미소를 지었다. 무생은 휘몰아치는 혈마강기 속에서 마현천을 바라보았다.

무생은 주먹을 쥐며 천무권을 펼쳐 나갔다. 파천권장에 이어 파천연환권장까지 모조리 마현천에게 쏟아 부었다. 마현천은 혈마강기를 온몸에 두르고 방어초식으로 그것들을 막아내었다. 무생의 선천지기와 마현천의 혈마강기는 그야말로 상극이라 서로의 효과가 많이 죽은 감이 있었다.

무생이 무생록 이 단계를 개방하자 휘몰아치는 혈마강기가 잠잠해졌다. 사방을 태우며 피어오르는 염강기는 마현천의 혈마강기에 전혀 밀리지 않았다.

"무공에 대해 그 정도 이해도가 있으시다니 대단하군요."

"심심풀이로 익힌 것이었다."

마현천의 말에 무생이 그렇게 말했다. 마현천은 세월이 쌓아올린 무적과도 같은 무생의 모습에 고개를 설레 저을 뿐이었다.

멸혼백(滅魂魄).

혼백 자체를 지워 버리는 일격이 펼쳐졌다. 황산의 전체가 내뿜는 생기를 몸에 지닌 마현천조차도 거대하게 느껴질 정도로 엄청난 선천지기의 밀집이었다.

마현천은 혈마강기를 모조리 끌어 올려 방어초식을 취

했다.

콰아아앙!!

무생의 일격이 마현천의 혈마강기를 모조리 깨뜨려 버리고 마현천의 어깨를 박살 냈다. 마현천은 뒤로 몇 걸음 밀려났다. 박살 났던 마현천의 어깨가 순식간에 회복이 되었다. 마현천이 이룩한 잠시간의 불사는 무생의 불사와는 비교할 수가 없었다. 무생이야말로 완전무결한 불사지체였다.

"과연."

마현천은 그것이 마음에 드는지 웃음을 내뱉었다. 마현천의 소모가 된 내력이 빠르게 차올랐다. 그럴수록 황산은 생기를 잃고 나무들이 시들어갔다.

거대한 황산의 생기가 모조리 혈마기로 바뀌어 마현천에게 흡수되고 있었기 때문이다. 마현천은 무언가 때를 기다리는 듯 무생의 공격을 담담히 받아낼 뿐이었다.

무생의 공격에 신체가 터져나갔지만 빠르게 복구되었다. 무생은 황산이 모든 생기를 잃었을 때 마현천의 목숨 역시 사라질 것이라 생각했다.

"끝이 보이는군."

무생이 담담하게 그렇게 고했다. 마현천은 여전히 여유로운 표정으로 고개를 끄덕였다.

"그렇군요."

무생은 마무리를 지어야 할 때라 생각했다. 무생록 이 단계를 전력으로 개방하고 염옥강림의 수법을 펼친다면 마현천을 지워 버릴 수 있을 거라 자신했다.

무생이 선천지기를 끌어 올리려던 순간이었다.

'뭐지?'

뿜어 나오려던 선천지기가 아래로 꺼지듯이 흡수되었다. 무생이 놀란 모습을 보이자 마현천이 웃으며 입을 떼었다.

"황산에 설치한 진은 단순히 황산의 생기를 흡수하기 위한 진이 아닙니다."

마현천의 혈마강기가 강렬해지기 시작했다.

"황산의 생기가 모두 대부분 빨려왔을 때가 이 진법의 효과가 극대화됩니다. 황산 자체가 다시 회복할 생기를 원하는 것이지요."

무생의 선천지기를 흡수하고 있는 것은 다름 아닌 황산이었다. 텅 비어버린 생기를 보충하기 위해 무생의 선천지기를 택한 것이다. 덕분에 무생의 선천지기가 끊임없이 황산에 빨려 들어가고 늘 샘솟던 선천지기의 회복 속도가 느려지기 시작했다.

"그 생기는 또다시 혈마기가 되어가지요."

황산은 회복할 수가 없었다. 마현천이 혈마강기를 뿜어

내며 끊임없이 흡수하고 있었기 때문이다. 황산 자체가 무생을 잡아두기 위한 함정이었다. 무생의 불사를 깨뜨리기 위한 거대한 진법인 것이었다.

무생은 처음으로 몸에 굉장한 불편함을 느꼈다. 그것은 오랫동안 잊고 있었던 고통이었다. 고통은 괴로운 것이지만 무생에게는 나쁘게 느껴지지 않았다. 오히려 신선한 감각에 머리가 깨끗해지는 느낌이었다.

"재미있군."

무생은 웃었다. 진정으로 재미를 느꼈다. 자신이 위기를 느꼈다는 것이 즐거웠다.

마현천은 무생과 마주보며 웃더니 혈마지존보를 펼치며 무생에게 달려들었다. 무생은 무적수라보를 펼쳤지만 막대한 선천지기가 소모되며 내력 공급에 문제를 느꼈다.

콰앙!

마현천의 수강이 무생의 주먹에 닿았다. 염강기가 혈마강기와 대항했지만 무생의 염강기가 조금씩 흔들렸다. 무생은 그대로 파천권장을 펼치며 마현천의 신형을 뒤로 날려 버렸다.

주룩!

무생의 주먹에서 피가 흘러 나왔다. 곧 회복이 되었지만 그 속도는 느렸다. 무생은 잠시 흐르는 피를 바라보다가 마현천에게 시선을 옮겼다.

"이제 불완전한 불사는 형님이십니다."

"좋군. 이런 시기만 아니었다면 말이지."

무생은 미소를 지우지 않으며 마현천을 바라보았다. 마
현천의 내력은 끊임이 없었고 무생은 천무권을 펼치기엔
선천지기의 공급이 원활하지 못했다. 천무권은 애초부터
너무나 막대한 선천지기가 들기 때문에 지금 상황에서 쓰
는 것은 무리였다.

무생은 마현천이 혈마강기를 소모하면 소모할수록 황산
으로 빨려들어 가는 선천지기의 양이 급속도로 늘고 있음
을 느꼈다. 그럼에도 무생의 남아 있는 선천지기의 양 자체
는 거대했다. 황산이 전력으로 빨아들이고 있음에도 말이
다. 무한한 내력을 지니게 된 마현천과 상대하기에는 무리
가 있었다.

무생은 잠시 생각에 빠졌다가 자세를 바꾸었다. 천무권
은 형이 일정하지 않아 자세를 제대로 취할 일이 없었지만
이 무공은 달랐다.

"천마신권이로군요."

광노가 남긴 천마신공으로 선천지기를 전환했다. 염강기
가 사라지고 검은 기류가 무생의 몸을 따라 흘렀다. 천마신
공은 인간이 만든 무학중에서도 최고로 꼽히는 무학이었고

광노가 그것을 인간의 한계까지 격상시켰다. 적은 내력으로 많은 위력을 내는 천마신공은 지금 상황에서 최고의 무공이었다.

무생은 천마신공으로 선천지기를 몸에 돌렸다. 평소라면 혈맥에 늘 선천지기가 충만히 차 있어 내기운용을 할 필요가 없었지만 지금은 아니었다. 혈맥을 따라 선천지기가 돌며 천마신공이 극성으로 발현되었다.

"천마지존도 정말이지 끈질기게 날 괴롭혔지요. 처음에는 좋은 친구였지만 뜻이 달랐던 거지요."

마현천은 잠시 추억에 잠긴 듯 무생을 바라보았다. 무생의 복장은 천마지존이 입었던 양식의 무복이었고 자욱하게 뿜어져 나오는 검은 기류는 천마신공을 대성한 모습이었다.

무생의 자세가 조금 낮아지는가 싶더니 검은 기류가 치솟으며 사라졌다. 검은 기류는 모든 마교의 상징인 마기였다. 허나 탁하게 느껴지지 않았다. 오히려 단 한 점의 더러움 없이 깨끗했다. 극에 이른 마기는 오히려 정순하다는 것을 말해주는 것 같았다.

콰아!

천마군림보가 펼쳐졌다. 천마군림보를 극성으로 펼치기에 선천지기의 부족함은 없었다. 마기로 변한 선천지기는 평소보다 무생의 몸을 무겁게 만들었지만 기분 좋은 흥분감을 전해주었다.

마현천은 무생의 모습을 놓치지 않았다. 천마군림보를 펼치는 무생을 눈에 담으며 혈마강기를 일으켜 정확하게 손을 뻗어왔다. 마현천이 주로 펼치는 혈마장은 혈마강기를 뿜어내는 것뿐만 아니라 다양한 자세에서도 응용 가능했다. 그렇기에 마현천은 과거에 혈마존이라 불렸던 것이었다.

무생의 주먹이 뻗어나간 것은 혈마강기가 무생의 지척에 닿을 때쯤이었다.

천마신권 마룡천타(魔龍千打).

무생의 주먹은 검은 권강을 머금고 있었다. 혈마강기가 무생을 찢어버리려는 순간 무생의 주먹이 빠르게 혈마강기와 작렬했다.

쾅! 콰가가가!

무생의 권강이 약세였지만 그것을 횟수로서 극복했다. 깨져 나가는 혈마강기 사이로 마현천이 보였다. 마현천은 씨익 웃으며 무생을 바라보았다.

마현천은 혈마강기를 모으며 무생에게 혈마장의 수법으

로 혈마강기를 뿜어냈다. 무생은 천마군림보를 밟으며 물러났지만 혈마강기가 몸을 스치고 지나갔다.

무생의 몸에 발현된 호신강기를 깨뜨리고 혈마강기가 무생의 몸에 닿았다.

푸욱!

피가 튀기며 무생이 뒤로 물러났다. 무생은 베어진 자신의 가슴을 내려다보았다. 제법 많은 피가 흘러나오고 있음에도 무감각해 보였다. 무생이 시선을 떼었을 때는 이미 회복이 끝난 상태였다.

"천마지존의 무공은 지금의 저에게는 아무런 타격을 줄수 없습니다."

마현천은 그렇게 말하며 여유로운 자태로 무생을 바라보았다. 무생은 찢어진 무복을 아쉽다는 듯 바라보다가 마현천에게 다시 시선을 옮겼다.

"죽음을 받아들이십시오."

마현천이 무생을 노려보며 말했다. 무생은 작게 숨을 내뱉고 방금 전 몸이 베어졌던 고통을 상기시켜 보았다. 그토록 원했던 고통이 지금은 싫었다.

'내가 설마 살기 위해서 머리를 굴릴 줄이야.'

검노가 아직은 때가 아니라 말했다. 무생은 검노를 믿고 있고 그렇기에 죽을 수 없었다. 어쩌면 이것이 마지막 기회인지도 모르지만 무생은 그것을 포기했다. 포기해야 하는 이유가 더욱 중요했기 때문이다.

'계속 공격해 봤자 저놈만 좋아질 뿐이고…… 도주해야 하나?'

무생은 자신이 도망을 친다는 생각을 하자 어이가 없어져 웃음이 나왔다. 무수한 세월 동안 무생이 도망을 친 적이 있던가? 죽음을 목전에 둔 무생이 겪는 경험은 신선함의 연속이었다.

'의미가 있겠어…….'

무생은 지금 자신의 삶이 처음으로 의미가 생겼다고 생각했다. 살기 위한 목적에서 나오는 의미였다. 그런 말도 안 되는 이야기였지만 무생의 마음을 그것이 충족하게 만들었다.

"다음 일격을 끝내도록 하지요."

마현천의 손에서 거대한 혈옥이 떠올랐다. 혈마강기를 넘어선 극악의 파괴력을 지닌 것이었다. 어마어마한 기운이 집약되어 떨어져 있는 무생의 몸이 흔들릴 정도였다.

무생은 급속도로 빠져나가기 시작한 선천지기를 모두 긁어모았다.

마현천이 혈마장의 수법으로 혈옥을 무생에게 쏘아 보냈다. 무생은 긁어모은 선천지기를 모두 마기로 바꾸며 천마신권을 펼쳤다.

천마신권 천마강림(天魔降臨).

무생의 몸에서 검은 강기가 치솟았다. 천마신권의 위력 안에서 펼칠 수 있는 가장 강력한 초식이었다. 뻗어진 주먹이 혈옥과 닿는 순간 폭발이 일었다.

콰가가가가가!!

흑과 적이 서로를 잡아먹으며 더욱 폭발의 범위를 늘려 갔다. 강기다발이 주변을 쑥대밭으로 만들었고 황산에 커다란 상처를 남기게 되었다.

"음……."

무생의 몸은 엉망이었다. 천천히 회복이 되고 있기는 하나 지금 당장 천마신공을 운용하기에는 무리가 있었다. 간신히 버텨선 무생은 고개를 들어 마현천을 바라보았다.

마현천 역시 상처를 입었지만 너무나 빨리 회복되었다. 무생으로서는 도저히 답이 안 나오는 상황이었다.

"끈질기군요."

마현천으로서도 무생이 이 정도까지 할 줄은 생각지 못했다. 압도적인 상황인 것이 분명한데 좀처럼 끝이 나지 않는 것이다. 마현천이 손을 뻗자 무생의 몸이 비틀거렸다.

"이제 끝입니다."

마현천은 혈마강기를 일으키며 직접 무생의 몸에서 선천
지기를 뽑아내기 시작했다. 황산과 마현천이 동시에 선천
지기를 흡수하자 끊임없이 샘솟던 선천지기도 서서히 바닥
을 향해 가고 있었다.

무생은 자신의 선천지기의 근본 자체가 조금씩 마현천에
게 빨려들어 가는 느낌이 들었다.

생명을 잃는다는 감각을 처음 깨달았다.

무생은 처음으로 분하다는 감정을 느꼈다. 죽음은 간절
히 바라는 것이었지만 지금은 아니었다. 지금은 죽어서는
안 되었다.

죽더라도 마현천을 박살 내고서 죽어야만 했다. 그렇지
않다면 후회를 할 것 같았다.

무생의 선천지기가 드디어 바닥을 드러낼 때였다.

"합!"

갑작스럽게 치솟은 안개가 마현천의 시야를 가려 버리는
순간 무생의 몸이 바닥에 떨어졌다. 무생을 잡아 준 은 식
은땀을 흘리고 있는 뇌노였다.

"무생, 자네 괜찮은가?"

"뇌노?"

무생이 자신을 알아보자 뇌노는 다행이라는 듯 고개를

끄덕였다.

"황산 전체의 진을 살펴보느라 늦었네. 다행이 제때 왔군. 잠시 봉인진을 펼쳤네."

"그렇군."

무생은 비틀거리며 일어났다. 뇌노는 처음 보는 무생의 약한 모습에 깊은 신음을 흘렸다. 지금 무생의 상태를 알 수 있었기 때문이다.

"황산이 자네를 먹어 치우려 하고 있군."

"황산 따위는 문제가 없지."

황산만 존재했다면 황산이 자신을 먹어치우기 전에 황산을 그 자리에서 박살 냈을 것이다. 하지만 지금 더 큰 문제는 황산을 이용한 마현천이었다.

"봉인진이 곧 깨질 것이네."

"음. 뇌노, 자네는 돌아가게."

"그럴 수야 없지."

뇌노는 인자한 미소를 지었다. 무생은 뇌노의 웃음을 본 순간 알 수 없는 두려움을 느꼈다.

"나야 뭐 이 세상에 미련이 남은 것도 아니니 슬슬 신선 놀음이나 할까 생각중이였네."

"뇌노."

무생의 일그러진 표정에 뇌노는 고개를 저었다. 무생은

뇌노의 눈을 본 순간 아무 말도 할 수 없었다.

"내가 잠시 황산에 펼쳐진 진을 억제하도록 하겠네. 자네의 몸이 완전한 정상이 되지는 않겠지만 어떻게든 되겠지."

뇌노는 그렇게 말하며 무생의 앞을 막아섰다. 무생은 그의 뒷모습을 바라보았다.

"나참, 황산과 겨루게 될 줄이야. 명계에 들어서도 놀림을 받겠군."

휘이익!

봉인진이 깨져 버렸다. 안개가 사라지자 마현천은 등장한 뇌노를 보며 고개를 설레 저었다.

"자네도 왔군."

"반갑다는 말은 하지 않겠네."

뇌노가 모든 내력을 망설임 없이 일으키자 주변에 있던 혈마강기가 물러나기 시작했다. 마현천은 혈마강기를 쏘아 보내려 했지만 뇌노가 한발 더 빨랐다.

"해(解)!"

뇌노의 외침이 들리는 순간 밤이었음에도 불구하고 주변 일대가 대낮처럼 밝아졌다. 그것은 뇌노와 무생이 있는 곳에만 벌어진 일이었다. 당황한 마현천이 서 있는 자리는 여전히 어둡고 붉었다.

뇌노는 모든 기운을 쏟아 부어 잠시 황산을 붙들었다. 막대한 목숨 값으로 설치한 진법을 홀로 막아선 것이다. 무생은 바닥을 보였던 선천지기가 다시 차오르고 몸이 회복되었음을 느꼈다.

뇌노의 몸이 조금씩 가루가 되고 있었다. 뇌노는 힘겹게 고개를 돌려 무생을 바라보았다.

"날려 버리게."

굳은 표정으로 고개를 끄덕인 무생의 몸은 완전히 정상은 아니었지만 무엇을 해야 하는지 잘 알고 있었다. 무생이 진중하게 자세를 잡았다.

살짝 숨을 들이마셨다가 내쉬었다. 다시 고통으로부터 무감각해지기 시작한 몸이 마음에 들지 않았지만 지금은 고맙기도 하였다.

무생록(無生錄) 삼식(三式).

무생록 삼 단계가 강제적으로 개방되었다. 선천지기가 진동하며 무생의 몸을 떨게 만들었다.

스스로의 존재를 완전히 드러낸 선천지기는 황산에 비할 바가 아니었다. 황산이 초라해 보일 정도로 끊임없이 치솟았다. 주변을 뒤덮었던 혈마기를 모조리 없애 버리고도 주변으로 퍼져나갔다.

무생은 이제야 무생록 삼 단계에 대해 조금은 이해가 되기 시작했다. 생명이란 죽음에 대항하게 마련이다. 무생에게 부족한 것은 바로 그것이었다.

뇌노는 몸이 가루가 되어 사라져 가고 있음에도 무생을 보며 웃고 있었다. 뇌노의 몸이 완전히 사라지고 다시 황산이 무생을 삼키려는 순간이었다.

멸마회생권(滅魔回生拳).

무생의 주먹이 뻗어나갔다. 공간이 일그러지며 대지가 접혀지고 하늘과 땅이 반전되는 것처럼 보였다.

"무, 무슨?!"

마현천은 당황하며 혈마강기를 있는 대로 끌어모았지만 혈마강기는 모래성처럼 쓸려 사라졌다. 파도처럼 밀려오는 황금빛 기류가 마현천의 몸에 닿았다.

"크, 크아아악!"

마현천의 몸이 뒤로 튕겨져 나가며 바닥에 내리 박혔다. 마현천의 눈에 들어온 것은 마치 하늘에서 계속해서 쏟아져 내리는 것 같은 혜성들이었다.

멸마회생권은 마현천을 날려 버리고도 황산을 향해 뻗어갔다.

콰가가가!!

황산이 뒤흔들렸다. 봉우리가 떨어져 나가고 숲이 뒤틀렸다. 하지만 생기를 잃었던 모습에서 다시 정상을 되찾아 가고 있었다. 마현천은 그것을 느낀 순간 자신이 졌음을 깨달았다.

무생은 주먹을 뻗은 채로 그렇게 있었다. 한 번에 막대한 선천지기와 정신력을 모조리 써버려 정신을 잃은 것이었다. 무생이 깨어 있었다면 기절하는 것도 처음이라며 신선함을 느꼈을 터였다.

"아, 아저씨! 독노 할아버지! 빨리!"

팽가연을 안아든 독노가 무생의 곁에 나타났다. 독노는 어디엔가 파묻힌 마현천을 찾다가 팽가연을 내려놓고 무생을 부축했다. 뒤따라온 서문천이 숨을 헉헉거리다가 무생이 기절한 것을 보고 놀라 달려왔다.

"무생은 괜찮다."

"다, 다행이네요."

"본래 걱정하는 것이 이상한 일이지만……."

독노는 깊은 숨을 내쉬었다. 뇌노가 사라진 것은 독노 역시 알고 있었다.

"이제 끝인 건가요? 염마지존께서 혈교를 박살 냈으니까요."

"아직 혈마인이 날뛰고 있다고 하더구나. 통제력을 잃었으니 산지나 민가로 숨어들겠지. 혈강시도 그렇고."

서문천이 묻자 독노는 그렇게 말했다. 독노는 아직 끝이 아님이 예감되었다. 그는 숨을 고르게 내쉬는 무생을 안아 들었다. 팽가연은 무생이 무사함을 알자 안도의 한숨을 내쉬며 빙긋 웃었다.

"혼자 혈교를 박살 낸다고 했을 때는 말도 안 된다고 생각했는데, 역시 천하제일인이네요!"

독노는 팽가연을 바라보며 인자하게 웃고는 황산을 내려가기 시작했다. 유난히 자신을 잘 따르는 팽가연이 마치 손녀처럼 느껴졌다. 서문천 역시 마찬가지였다. 서문천의 미색이 워낙 뛰어난 탓에 손자라고 보기 보단 손녀로 보고 있는 독노였다.

第十一章

전조

황산에서 내내 모습을 감추고 있던 가면무사는 동굴이
무너지기 전에 인형과도 같이 변한 남궁소연을 품에 안고
빠져나왔다. 황산을 뒤덮는 기운 덕분에 가면무사의 혈마
기가 약해져 있었지만 그는 남궁소연을 안고 신법을 전개
했다.

　동굴 안에 남아 있던 혈강시들은 황산을 뒤덮는 기운에
가루가 되어 박살 났다. 가면무사는 필사적으로 신법을 전
개해 간신히 영향권에서 벗어날 수 있었다.

　"……."

가면무사가 미동 없이 자신을 바라보는 남궁소연과 눈을 맞추었다. 가면무사의 눈빛이 흔들렸다. 합비에 혈마인을 이끌고 공격했을 당시에는 전혀 볼 수 없는 모습이었다.

　가면무사는 남궁소연의 뺨을 쓰다듬고는 다시 남궁소연을 안았다.

　"미안해."

　가면무사의 가면이 부서져 내렸다. 그리고 드러난 것은 남궁소연과 무척이나 닮아 보이는 남자의 얼굴이었다. 남자는 부서진 가면을 벗어버리고는 그대로 신법을 전개해 사라졌다.

＊　　　＊　　　＊

　지진이 일어난 듯 갈라진 틈 속에 마현천은 갇혀 있었다. 혈마신공이 깨진 탓에 혈마강기는커녕 혈마기조차 운용이 불가능했다. 하지만 마현천은 웃었다.

　'손에 넣었다.'

　일부이기는 하지만 무한이 샘솟는 불사의 조각을 손에 넣은 것이다. 벌써부터 몸을 치유하고 혈맥에 활력을 불어 넣기 시작했다. 이것을 근원으로 삼아 무공을 다시 연공한다면 진정으로 불사지체를 이룰 수도 있었다. 혈마신공이 깨진 것이 오히려 천운으로 다가온 것이다. 만약 혈마신공이 깨지지 않았다면 이 근원은 혈마강기보다 더 끔찍한 것으로 바뀌어 오히려 잡아먹혔을 것이다.

"내가 바로 혈마존이다."

마현천은 아직 회복되지 않은 몸을 억지로 일으켜 갈라진 틈을 올라갔다. 많은 것을 잃었지만 원하던 것을 얻었다. 그것으로 지난 반 백 년의 노력이 아깝지 않았다.

마현천이 힘들게 다시 지면으로 올라와 숨을 내쉬었다. 혈마기가 가득했던 황산은 언제 그랬냐는 듯이 생기가 돌고 있었다. 무생이 마지막으로 펼쳤던 그것은 인간이 할 수 있는 수준이 아니었다.

운 좋게 혈마신공이 깨지고 불사의 근원이 깨어났기에 마현천은 목숨을 유지할 수 있었던 것이다. 마현천은 황산에 있던 대부분의 혈마인이 그 자리에서 사라지며 죽었으리라고 예상했다.

"하하……."

마현천은 허리를 피며 웃음을 내뱉었다.

"하하하하하!"

불사를 얻은 것은 아니었지만 불사로 가는 확실한 길을 얻었다. 마현천의 삶 중에 이보다 더 기쁜 일은 없었다.

"일단 몸을 숨겨야겠지. 은신처는 여러 곳 알고 있으

니……."

마현천이 절뚝거리는 걸음으로 황산을 내려가려 할 때였다.

"크흐흐흐!"

흠칫!

웃음소리가 들려왔다. 마현천은 순간 몸이 굳는 것을 느꼈다. 그것은 원망과 절망, 그리고 탐욕을 모두 담은 웃음소리였다. 마치 아귀가 웃는 것 같은 느낌이었다.

"크흐흐……."

마현천은 뒤에서 들려오는 웃음소리를 결코 무시할 수 없었다. 천천히 고개를 들리자 바닥을 기어오는 괴물이 눈에 들어왔다. 절단 난 사지에서 간신히 뼈만 재생되어 일어서지는 못하고 바닥을 기어오고 있는 것이다.

"모용…… 천!"

마현천이 모용천이라는 이름을 입에 담는 순간 기어오던 모용천의 얼굴이 들려졌다. 끔찍하게 일그러진 얼굴이 마현천의 눈에 들어오자 마현천은 평생 느껴본 적이 없는 두려움을 느꼈다.

혈마신공이 없는 그는 혈마존이 아니었다.

"대천지주, 안녕하신가. 크크큭!"

모용천의 안광이 붉게 타올랐다. 모용천의 몸에서 짙은

혈마기가 뿜어져 나왔다. 마현천은 다급히 코와 입을 막으며 뒤로 물러났다. 혈마신공이 깨지기 전에는 생명과도 같은 것이지만 지금의 그에게는 너무나 치명적이었다. 아직 단전과 혈맥이 회복되지 않았기에 대항할 수 없었다.

"잘나신 몸뚱아리 좀 나눠줘."

"네놈……!"

모용천의 몸이 튕겨 오르며 빠르게 마현천을 덮쳤다. 마현천은 혈마기에 몸이 닿자 비명을 질렀다. 끔찍한 고통이 휘몰아치듯 찾아온 것이다.

으득!

"크아아악!"

모용천의 입이 마현천의 팔을 물어뜯었다. 모용천은 마현천의 피를 혈마기화시켜서 마시기 시작했다.

"크르르르!"

"끄으으윽! 그, 그만!"

마현천의 모든 피와 살이 모용천에게 흡수되었다. 그것뿐만이 아니라 그가 가지고 있던 기운 역시 모조리 모용천의 것이 되었다.

모용천의 몸이 기이하게 회복되었다. 정상적인 팔다리를 지녔지만 어딘가 너무 어색해서 혐오감을 자아낼 정도였다.

"크으, 크아아아아!"

모용천의 몸이 계속해서 부풀어 오르다가 줄어들기를 반복했다. 혈마기에 닿은 불사의 근원이 혈마기와 합쳐지며 폭주하고 있는 것이었다. 이미 모용천은 제정신을 유지할 수 있는 상황이 아니었다. 혈마기가 끔찍한 형태로 폭주하여 모용천의 몸을 변화시켰다.

혈강시였던 몸이 알 수 없는 무언가로 변하고 있는 것이다.

『무생록』 6권에 계속…

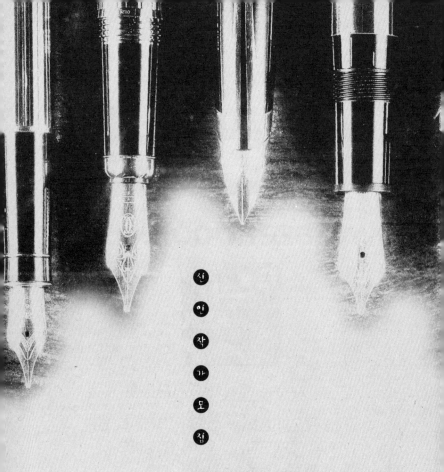

신 인 작 가 모 집

시작이 반이라고 했습니다.
작가의 길에 대한 보이지 않는 벽을 과감히 깨뜨리십시오!
청어람은 작가 지망생 여러분들의
멋진 방향타가 되어드리겠습니다.

저희 도서출판 청어람에서는
소설 신인 작가분들을 모집합니다.
판타지와 무협을 사랑하시는 분들의 많은 참여를 바랍니다.
소정의 원고(A4용지 150매)를 메일이나 우편으로 보내주시면
검토 후 출판 여부를 알려드리겠습니다.

주소 : 경기도 부천시 원미구 심곡2동 163-2 서경B/D 2F 우편번호 420-822
TEL : 032-656-4452 · **FAX** : 032-656-4453
http://**www.chungeoram.com**
e-mail : chungeoram@chungeoram.com

이중민 판타지 장편 소설

Mighty Warrior 영웅병사

**복수를 다짐한 소년 병사.
붉은 제국을 향해 깃발을 세운다.**

「영웅병사」

평온한 유년 시절을 보내던 비첼.
어느 날, 붉은 제국의 깃발 아래에 사랑하는 가족을 빼앗기고 만다.

"도끼… 도끼라면 다룰 줄 압니다."

병사가 되고자 참가한 전쟁에서 소년은 점점 영웅이 되어 간다!

쓰러져가는 아버지의 등을 억누르며,
아직 어린 소년으로서 도끼를 들고 붉은 제국과 싸우기 위해 일어선다.

제국과의 전쟁에 스스로 뛰어든 소년.
병사, 비첼 악센트.
이것이 영웅 탄생의 시작이다!

Book Publishing CHUNGEORAM

유행이아닌자유추구
WWW.chungeoram.com